JN249051

狭山ひびき
Illust. 漣ミサ
「一族の恥」と呼ばれた令嬢
この度めでたく捨てられたので、
辺境で自由に暮らします
～実は私が聖女なんですが、セカンドライフを楽しんでいるのでお構いなく～

ブランシュ
シャプドレーヌ公爵令嬢。
魔力がないことで家族から虐げられてきた。
なのに、いきなりリオネルとの結婚が決まり
辺境へ行くことに!?
リオネル
バゼーヌ国第一王子。
母親が側妃であったため王室内で虐げられ、
辺境に追いやられる。
それゆえ誰も信用できなくなり…。

CHARACTERS

リュカ
バゼーヌ国第二王子。
リオネルとは腹違いの兄弟。
自由奔放な性格で、
ブランシュに興味津々!?
ユーグ
シャブドレーヌ公爵令息。
最年少で魔術師団の
副団長になった実力者。
魔法にしか興味がない変人な一面も。
ブラン
150年前に何らかの理由で
姿を消していた聖獣。
聖女であるブランシュのみに懐いていて、
リオネルのことも夫とは認めていない!?

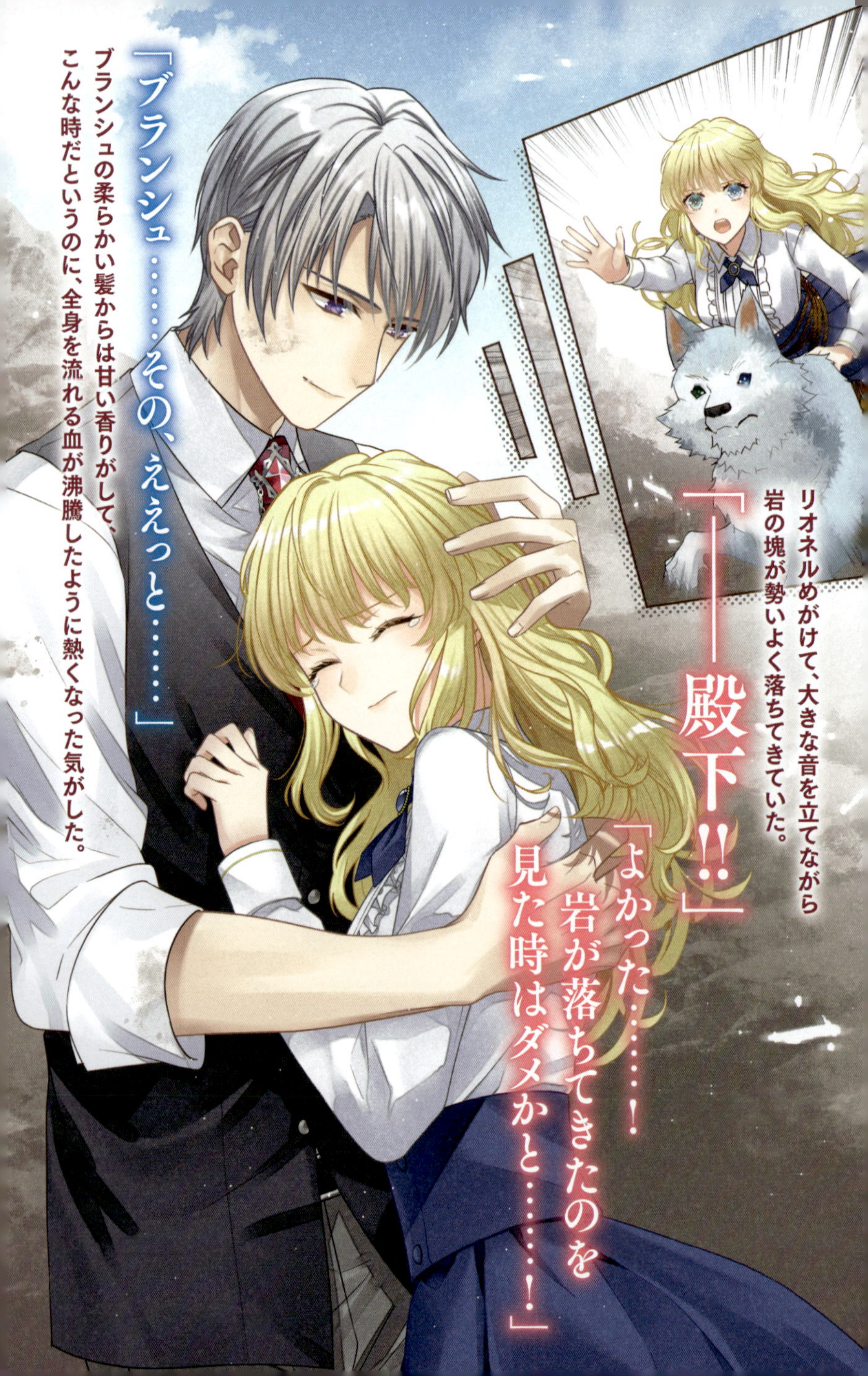
リオネルめがけて、大きな音を立てながら
岩の塊が勢いよく落ちてきていた。
「――殿下!!」
「よかった……!
岩が落ちてきたのを
見た時はダメかと……!」
「ブランシュ……その、ええっと……」
ブランシュの柔らかい髪からは甘い香りがして、
こんな時だというのに、全身を流れる血が沸騰したように熱くなった気がした。

「一族の恥」と呼ばれた令嬢、この度めでたく捨てられたので、辺境で自由に暮らします

～実は私が聖女なんですが、セカンドライフを楽しんでいるのでお構いなく～

狭山ひびき

Illust. 漣ミサ

目次

プロローグ

「悪いが、俺に愛情は期待するな。女にかまけている暇はないんだ」

ブランシュ・シャプドレーヌ改め、ブランシュ・シャプドレーヌ・エスポワールは、ベッドの縁に座ったまま、ぽかんとした顔で新婚の夫の顔を見上げた。

初夜と呼ばれるべき日に、結婚式はしていないが戸籍上の夫となった男が、眉ひとつ動かさずに淡々と、とても新妻に告げる言葉ではないことをのたまったからだ。

灯りの落とされた薄暗い部屋では、初夜を演出するためか、蝋燭《ろうそく》の炎が甘い香りとともにゆらゆらと揺れている。

果たしてブランシュを妻だと認識しているのかも怪しいほど無感動な紫色の瞳で、ここバゼーヌ国第一王子リオネル——この地を与えられたのでエスポワール公爵となったリオネル・エスポワールは、ちょっぴり苛立たしげに蝋燭の炎に照らされた青銀色の髪をかき上げた。

リオネルはブランシュより三つ年上の二十一歳。

第一王子ではあるが他界した母は身分の低い側室で、正妃が第二王子を産むと同時に王位継承権を奪われたと聞く。

世事に疎いブランシュの耳にも、リオネルの「笑わない王子」という異名は届いていたが——目の前の彼は、「笑わない王子」というより「顔色が悪い王子」だ。

目の下にはくっきりと濃い隈が浮かび上がっていて、顔色も蝋燭のオレンジ色の炎に照らされていてもなお青白い。

（この人、もしかして寝てないんじゃないかしら？）

夫から浴びせられた容赦のない言葉よりも、ブランシュは彼の顔色の方が気になった。

女好きで何事においても派手な第二王子リュカの噂を知っているからこそ、目の前のリオネルの様子が異様に映る。

王子というよりは、まるでろくに休みもなく仕事に忙殺されている下っ端官吏のようだ。

ここエスポワール——「希望」という名の絶望の地、西の辺境に嫁ぐことが決まってから、ブランシュはある程度の覚悟はしていた。

きっと幸せな結婚生活ではないだろう。

そう思っていたが、もしかしなくても、思っている以上にこの地は深刻な状況に置かれているのではないかと、夫の顔を見つめながら考える。

そんなことを考えていたからだろう、結婚早々離縁に向かってもおかしくないような夫の宣言に、すっかり返答を忘れていた。

「聞いているのか？」

イライラしているのはきっと寝不足だからよねと、妙な納得をしながら、ブランシュが「あ、はい」と相槌を打てば、リオネルが怪訝そうにきつく眉根を寄せる。

「……本当に聞いていたのか？」

その、明らかに怪しむような言い方から思うに、リオネルには自分がおよそ新婚の夫らしくない宣言をした自覚はあるらしかった。

ブランシュがもう一度「はい」と頷くと、リオネルはますます眉根を寄せて、そしてくるりと踵《きびす》を返した。

「納得したならそれでいい。この部屋はお前にやる。好きに使え。俺に迷惑をかけなければ、自由にしてくれて構わない」

いや、ブランシュは確かに頷いたが、別に納得したわけではなかった。

ただまあ、新婚と言ってもほとんど初対面に近い夫相手に、ほとんど知識のない初夜を決行されるよりはいいかくらいの感覚である。

もともとこの結婚にはこれっぽっちも期待していない。

事前に『金がないから結婚式はしない』と宣言されていたので、それにも別に興味はない。王子が『金がない』と言う状況は異常だとは思うけれど、今の国の状況を考えれば、ある程度は察しがつく。

というのも、少し前に国王が病に倒れたのである。

以来、バゼーヌ国の実権は王妃が握っているも同然で、側室の子であるゆえに王妃に疎まれているらしいリオネルが、どういう状況に置かれているかは想像に難くなかった。

いきなり辺境の「絶望の地」の領主に任命されたリオネルは、王妃によって体よく厄介払いをされたのだろう。

絶望の地と呼ばれるここは見るからに貧乏そうなので、金がないのも頷ける。多分、領地を立て直すだけの支度金ももらっていないはずだ。

西の辺境エスポワールは、王家直轄地だと言えば聞こえはいいが、要は誰も領主になりたがらないから王家預かりになったまま放置されてきた辺境中の辺境だった。

詳しい状況はまだ調べていないが、ろくな作物も取れず、産業もなく、他領の領民権を買えない貧乏な領民たちが日々の暮らしにも困窮している、そんな場所だと聞く。

ブランシュはベッドの縁に腰かけたまま、顎に手を当てて考え込んだ。

俯けば、緩く波打つ金髪がほっそりとした顔の輪郭を撫でるように流れ落ちる。

（ともかく……わたしは自由ってことよね？）

リオネルは自由にしていいと言った。だから、間違いなくブランシュは「自由」なのだ。

ふにゃりと口元が緩み、口角が自然と弧を描く。

（どうしよう——自由だ）

新婚の夫に見向きもされなかった事実など、もうどうだっていい。

自由なのだ。

ここにはブランシュの行動を制限するような両親はいない。

ブランシュは跳ねるようにベッドから飛び下りて、天井に向かって両手を突き上げて叫んだ。

「自由よ――‼」

一　「白」の名を持つ娘

——事の起こりは三カ月前のことだった。


白く結露した窓を手のひらでこすれば、庭に薄く雪が積もっているのが見える。

昨夜は妙に冷えると思ったら、雪が降っていたようだ。今はやんでいるようだが、空が灰色の雲に覆われているので、いつまた降りだすかはわからない。

（もう少し積もるかしらね）

ブランシュは窓の外を見下ろしながらそんなことを考えたが、雪が降ろうが積もろうが、自分にはまったく関係のないことだと思いなおし、窓際から離れて暖炉の前のひとり掛けのソファに座った。

そして、ソファの横に置かれている読みかけの本を膝の上に置き、続きのページをめくる。

ここでしばらく待っていたら、使用人が朝食を運んでくる。それをひとりで食べて、からになった食器を廊下に出しておく。昼も、夜も、翌朝も、ずっとその繰り返し。

邸《やしき》の中を歩くのは許されているけれど、廊下でばったりと母に会おうものなら嫌な顔をされるし、父に会えば無視される。邸の外に出ることは禁止されていて、庭に下りることすら許されない。

まるでちょっとだけの自由を与えられた囚人のようだと、ブランシュは自嘲した。

ブランシュは、由緒正しいシャプドレーヌ公爵家の娘だ。

二歳年上のユーグという名の兄はひとりいるが、ろくに会ったことがないのに加えて、兄は三年前から魔術師団の寮で生活しているため、思い出そうとしても顔も朧《おぼろ》げだ。

なんでも兄は最年少で魔術師団の副団長に任命された天才なのだそうだが、関わりがなさすぎて、ブランシュにとってはまるで他人事だった。

ブランシュには、魔術も外の世界もすべて無関係なものなのだ。

バゼーヌ国に限らず、貴族は魔術が使える。

平民の中にも魔術が使える者がたまに現れるが、一定以上の魔術が使えれば準男爵位が与えられて貴族に格上げされるので、「貴族は」とひと括りにしても間違いではない。

その中でも特にシャプドレーヌ公爵家は大魔術師の家系で、代々強い魔術師を輩出してきた名門だ。魔力こそすべてという家訓のもと、魔力の強い人間との結婚を繰り返してきたからか、バゼーヌ国随一の魔術師の家系と言っても過言ではない。

しかし、そんな魔力、魔術至上主義の家にあって、なぜかブランシュは魔力を持たずに生まれてきた。

父は失望し、「白」――つまり、役立たずと言わんばかりのブランシュという名を娘につけた。

　母は絶望し、娘に見向きもしなかった。

　恥と言われ、ブランシュに魔力がないことは決して外には漏らしてはならないと、邸の外に出ることを禁止され、社交デビューもしていない。

　このまま死ぬまで閉じ込められたままなのだろう。

（ま、殺されなかっただけましだもの）

　魔力がないと知った途端、父と母は、生まれたばかりのブランシュの存在を闇に葬ろうとしたと聞く。つまり、人知れず始末してしまおうとしたのだ。

　けれど、それを止めてくれたのが今から二年前に他界した祖母だった。

　ブランシュの祖母シャルリーヌは、前王の妹――すなわち、王女の身分にある人だった。

　父の母にあたる人だが、魔術至上主義のシャプドレーヌ家にあって、魔力のないブランシュをかわいがってくれた唯一の人だ。

　ブランシュを閉じ込める両親にも幾度となく苦言を呈してくれ、外の世界を見ることがかなわない孫娘のために、いろいろなことを教えてくれた優しい人だった。

　――いいこと、ブランシュ。人は魔力ですべてが決まるわけではないわ。人の豊かさは心のありようなのよ。魔力が多くたって心が貧しい人はたくさんいるの。残念なことに、あなたの父親や母親のようにね。

祖母は腹立たしそうな顔でそう言った後で、にこりと微笑んだ。

――だからね、ブランシュ。あなたはあんな風になってはダメ。できることなら、いつでも笑っていなさい。笑っていれば必ずいいことが……幸運が訪れるわ。

笑っていればいいことがある、というのはシャルリーヌの口癖だった。

両親に顧みられず、必要最低限の世話係がつけられ、あとは放置されていたブランシュが卑屈にならずに済んだのは、ひとえに祖母の存在があったからである。

祖母は閉じ込められている孫娘のために、度重なる交渉の末、シャプドレーヌ公爵邸の書庫の鍵を勝ち取った。

書庫には百年以上前から集められてきた貴重な書物がたくさん並んでいて、その蔵書数は城の書庫にも匹敵するほどなのだそうだ。さらにブランシュのためにシャルリーヌが買い集めた本も加わったため、退屈する暇もないほど多くの本に囲まれてブランシュは育った。

魔力のない人間に知識は不要と、家庭教師すらつけてもらえなかったブランシュのために、王女として最高の教育を受けて育ったシャルリーヌ自らが教師となった。

本を読み、祖母に教わり――邸から出られなかったブランシュだが、おかげで、あまり不自由を感じることはなかった。

――二年前に、祖母が他界するまでは。

前日まで元気だったシャルリーヌは二年前のある日、突如として倒れ、そのまま帰らぬ人となった。

シャルリーヌがいなくなった後の日々は、まるで星も月もない夜のようだった。

話し相手がいなくなったブランシュは、ただひたすら本を読んで過ごした。

（……おばあ様は笑っていなさいと言ったけど、わたしは誰に笑いかければいいのかしら）

笑いかける人もいなくなった。誰にも相手にされない日々で、ブランシュの表情筋はだんだん動かなくなってきたようにも思う。

ただ本を読んで、食事をして、寝て、起きて、同じことの繰り返し。

シャルリーヌは魔力ですべてが決まるわけではないと言ったけれど、どうしてわたしは魔力を持って生まれなかったのかしらと、ブランシュがため息をついた時だった。

にわかに邸の中が騒がしくなって、ブランシュは読んでいた本から顔を上げた。

（なにかしら？）

もしかしたら、ずっと家に寄りつかなかった兄ユーグが帰ってきたのだろうか。

ユーグを溺愛している母が大騒ぎをしているのかもしれない。

そんなことを考えて、再び結露しはじめた窓を手のひらで拭って外を見やれば、玄関前には黒塗りの高そうな馬車が停まっていた。

ここからでは馬車に入っている紋章は見えないが、あの豪華さなら、公爵家以上の馬車であろう。

（きっとお偉いさんが来たのね。ま、わたしには関係のないことだわ）

ブランシュはそう思って、暖炉の前に戻ると、本の続きに目を落とした。

——まさかその十分後、血相を変えた使用人が呼びに来るとは思わずに。

☆

父——バゼーヌ国の国王が倒れた時、リオネルの運命は決まったも同然だった。

第一王子であるリオネルにとって、城の中はとても生きにくい場所だったけれど、それでもまだ父親という味方がひとりいるだけで違ったものだ。

リオネルが十五歳の時に逝去した母は父の側妃で、子爵家出身だった。

どういう経緯で父が側妃を娶《めと》ったのかは知らないが、側妃を娶るのに王妃の合意はなかったのだろう。

母が王妃アルレットにつらく当たられていたことをリオネルは知っていたし、リオネル自身も疎まれているとわかっていた。

王家の血を引く公爵家出身のアルレットの顔色をうかがう臣下たちは、リオネルを腫れ物扱いした。

リオネルを少しでも重用するような動きがあれば王妃は目に見えて機嫌が悪くなったし、彼の味方をしようものなら、その者はどこか遠くへ左遷されたり、社交界でつまはじきにされたりした。

父がリオネルをかばおうにも、なまじ権力のある公爵家出身の王妃を完全に抑え込むには至らず、彼の行動は逐一監視され、すべて王妃に筒抜けになっていたと言ってもいい。

でも、それでもましだった。

父が臥《ふ》し、一週間もしないうちに王妃に呼び出されたリオネルは、そのことを痛感していた。

「西の、エスポワールという地域のことはご存じかしら？」

リオネルを呼びつけた王妃アルレットは、かつてないほどに機嫌がよかった。

リオネル相手ににこにこと微笑んでいる。

（……不気味だ）

リオネルは目の前に置かれたティーセットを見下ろして思った。

なにが混入しているかわかったものではないので、もちろん手はつけていない。

しかし、リオネルに対して、アルレットが茶と茶菓子を運ばせること自体が異様なのだ。

爪と唇に真っ赤な色を塗っているアルレットは、優雅にティーカップに口をつけた。

カップにべったりと移った口紅が、まるで毒の花のように見える。香水の匂いがぷんぷんする王妃の部屋に、早くも頭痛を覚えそうだった。だが、嫌な顔を見せてはいけない。

表情筋が死んだとまで言われている「笑わない王子」リオネルは、無表情で答えた。

「ええ。西の辺境にある王家直轄地ですね」

希望という名前のついた絶望の地。エスポワールはそのように呼ばれている、いわくつきの場所だった。かつてあの地は、その名の通り希望に満ち溢れた大地だったと聞く。

百五十年ほど前の記録なので、それが真実かどうかリオネルには判断できない。

記録を信じるなら、かつてあの地には聖獣と呼ばれる聖なる獣が存在していて、大地は潤沢な実りを生み、バゼーヌ国随一の豊かな場所だったそうだ。

聖獣を呼んだのは聖女と呼ばれる、こちらも真偽のほどが定かではない存在だという。

けれども、聖獣と聖女に守られた大地は、百五十年前の聖獣喪失を機に一瞬でその豊かさを失った。大地はひび割れ、木々は枯れ、井戸は干上がった。

そんな馬鹿なことがあるかとリオネルは思ったが、学者が提出した資料には、エスポワールで豊かな生活が営まれていたことを証明するに値する証拠もあったので、判断が難しいところだ。

(聖獣が本当かどうかはわからないが、一瞬で大地が枯れるなど、本当に聖なる力が存在したとしか思えないのも事実)

研究者の中ではいまだに、それが事実とする者と、ただの噂だとする者で意見が真っぷたつに割れている。

そしてそのエスポワールは、領主不在のため百年以上前に王家直轄地になっている。

とはいえ、ろくな税収があるわけでもなく、国はほとんど管理もせず、そこに住まう領民の嘆願にも耳を貸さず、捨て置いてきた場所だった。

なにをしても一向に豊かにならない荒れ果てた大地に多額の資金を投じることができないのは、リオネルにもわかる。

父は食糧援助を続けていたが、それすら臣下たちからは無駄金だと批判が出ていたそうだ。

（希望なんて名ばかりの絶望の地。……誰だか知らないが、皮肉な名前をつけたものだ）

リオネルがこっそり嘆息した時、「聞いているのかしら⁉」というアルレットのヒステリックな声が聞こえてきた。

思考に意識を飛ばしていたリオネルは、続く王妃の言葉を聞き逃してしまったようだ。

王妃は赤い唇をゆがめて、イライラとテーブルの上を爪で叩いていた。

「申し訳ありません。聞いておりませんでした」

慇懃《いんぎん》に答えると、アルレットの細い眉が跳ね上がった。

どうでもいいが、眉を抜きすぎだ。

アルレットの眉は、まるでペンで描いた一本の線のように細い。

というかあれは本当に線だけで、毛は存在していないんじゃないのかと、リオネルは再び思考をどこか遠くへ飛ばしかけた。それくらい、香水臭いこの部屋でこの女の前にいることが苦痛で仕方がなかったのだ。

アルレットは目に見えて苛立っているようだが、ふうと息を吐くと、一転して笑顔になった。

（……今日の王妃は本当に不気味だな）

こんな不気味な王妃のもとからは早々に立ち去るに限る。

さっさと彼女の要件を聞いて、部屋から出ていこうと考えたリオネルは、アルレットの言葉に表情を取り繕うことも忘れて目を見張ることとなった。

「ではもう一度言いましょう。あなたに領地を与えると言ったのです。この国はわたくしの息子リュカが継ぐのですから、いずれ貴方は臣下に下る予定だったでしょう？　少し早いけれど、あなたももうじき二十一。そろそろ頃合いではないかしら。だからね、エスポワールをあなたにあげるわ」

「…………」

さすがに、リオネルは言葉を失った。

エスポワールは絶望の地。大地は枯れて実りもなく、人々が日々の暮らしにも困窮する場所。

（……そう来たか）

父が病に伏してから、リオネルは父を見舞っていない。アルレットに妨害されて父の様子を見に行くことすらできなかったからだ。

だが、一週間経っても回復の兆しがないこと、そしてアルレットがこのような身勝手な決定を下したことを鑑みるに、父の病状はあまりよろしくないのだろう。

（リュカの王位継承の地盤を作るために、本格的に動きだしたということか）

まずは邪魔なリオネルを遠くに。しかも、どうあがいてもよくなるはずもない領地を与える。それから折を見て、与えた領地の状況が改善しないのを問題にして無能だと処断し、なにかと付随する理由を丁稚《でっち》あげて、追放なり投獄なり処刑なりをするつもりだろう。

「すでに会議も通しました。あなたは今日からエスポワール公爵を名乗りなさい」

いつの間に会議をしたのかは知らないが、大方、会議とは名ばかりの強引な決定だったに違いない。

（退路は断たれているんだろうな）

これは断ることができないものだと、リオネルは瞬時に判断した。

ごねたらごねたで、それを理由に処断してくるだろう。国王が臥していることの状況で、国をまとめる協力すらできないのかとかなんとか騒ぎ立てて。

リオネルはゆっくりと瞼を閉じた。

瞼の裏には、ひとりの女性の姿が映る。

母亡き後、なにかと気にかけ面倒を見てくれた大叔母シャルリーヌの姿だ。

およそ二年前に他界したシャルリーヌを思い出した途端、リオネルの脳裏に、会ったことはないもうひとりの女性の存在がよぎった。

「……わかりました。ただし、条件をひとつ呑んでいただきたい」

「なにかしら？」

リオネルに条件と言われて、アルレットの声が尖る。

けれども、リオネルは王妃の機嫌の降下に気付かないふりをして続けた。

「領地を得たのですから、この機に結婚したく思います」

シャプドレーヌ公爵家のブランシュを妻に、と。

社交界には伏せられているブランシュの秘密も、アルレットは知っているだろう。

断られるはずがないというリオネルの予想通り、王妃は鷹揚に頷いた。

「いいでしょう。ただし、自分で話をつけなさい」


王妃の部屋を辞した後、リオネルは一度自室に戻り、そしてすぐにシャプドレーヌ公爵家へと向かった。

シャプドレーヌ公爵家のタウンハウスは、城から歩いていける距離にあるが、これから求婚しようという男が呑気にひとりで歩いていくのはどうかと思いなおし、これが正式な訪問であることを内外に示すため、王家の紋章の入った馬車を使用することにした。

馬車の用意をさせていると、おおかた遊びに出かけていたのだろう、異母弟のリュカが城の玄関前に停められた伯爵家の馬車から降り立った。

そういえば昨日から姿を見ていないので、昨夜はこの馬車の持ち主である伯爵家にでも泊まったのだろう。

（……まったく、王太子のくせに婚約者でもない女性の家を転々と）

銀色の髪に青い瞳のリュカはリオネルよりふたつ年下の弟で、顔立ちも少なからず似通ったところはあるが、性格はまったくと言っていいほど反対だった。

この異母弟は、とにかく不真面目で遊ぶことしか考えておらず、加えて女好きと、手のつけられない放蕩王子なのである。

それもこれも王妃が甘やかして育てたからだろうが、もう小さな子どもではないのだから、そろそろその責任を自覚してくれないだろうかとリオネルは常々思っていた。

「あれ、兄上どこに行くの？」

ただ、およそ欠点だらけのリュカだが、彼の唯一の長所と言える点はこの人懐っこさだろう。リオネルが王妃に疎まれていることを知っているはずなのに、リュカはてんで気にしていない。

ふらふらとリオネルのそばに寄ってきて、準備させている馬車を見ると目を丸くした。

「どこかに行くの？　ついていっていい？」

「……ダメに決まっているだろう」

今帰ってきたばかりなのに、おもしろそうな気配を察知したのか、リュカはわくわくした顔で言う。

「じゃあどこに行くかだけでも教えてよ」

「シャプドレーヌ公爵家だ」

「え、やっぱり行きたい！」

「だからダメだと言っているだろう」

リュカがシャプドレーヌ公爵家のなにに興味を示したかなんて、考えなくてもわかる。ブランシュだ。

シャプドレーヌ公爵家にブランシュという名のひとり娘がいることは、もちろん社交界でも知られた事実である。ただし、体が弱く、到底外には出せないため、公爵が娘の体を気にして社交デビューすらさせていないともっぱらの噂だ。

（馬鹿馬鹿しい）

シャルリーヌを通してブランシュと公爵家の〝秘密〟を知っているリオネルは鼻で嗤《わら》いたかったが、不名誉な噂が立つよりは偽りの噂が独り歩きしていた方が彼女の名誉のためにもなるだろう。公爵家の名誉など知らないが、彼女の名誉は守るべきだ。

「シャプドレーヌ公爵家の掌中の珠に会ってみたいよ！」

実情を知らないリュカは、そんなことを言って駄々をこねた。

ブランシュが置かれている状況を知っていれば『掌中の珠』などという表現が、いかに不適切であるかわかろうというものだが、リュカには知る由もない。

「ダメと言ったらダメだ。昨日から教育係が捜し回っていたぞ。課題が進んでいないんだろう？」

「……ちょっと僕、出かけてくるよ」

「今帰ってきたばかりだろうが！　いいからさっさと怒られてこい！」

「うえー……」

この異母弟は、逃げ回っていれば課題が消えてなくなるとでも思っているのだろうか。

立ち話をしているうちに、リュカの帰還の知らせを聞いたのだろう、四十過ぎの教育係が大慌てでやってきた。

教育係に引きずられていくリュカに、リオネルは、はあと息を吐く。

そして、リュカと話をしている間に準備が整った馬車に乗り込み、シャプドレーヌ公爵家へと向かった。


ものの五分もしないうちにシャプドレーヌ公爵家へ到着すると、リオネルは目を丸くしている公爵夫妻に、手短にここに来た理由を告げた。

事前に先触れも、状況確認も入れなかったのは、もちろんリオネルがブランシュの置かれている状況を知っているからである。

（下手に伺いを立てると、なにかと理由をつけて断られかねないからな）

エスポワール行きを決められたリオネルは、それほど悠長にしてはいられない。

理由をつけてのらりくらりとかわされ、無駄に時間を使うことは避けたかった。

王妃と話をしてから一時間も経っていないので、おそらくあちらからの情報も入っていないだろう。アルレットは自分で話をつけるようにと言ったので、気を利かせて裏から手を回すようなことをするはずがない。

リオネルがブランシュを娶りたいと聞いた公爵夫妻は目を剝いて慌てはじめた。玄関先でする話でもないので応接間には通されたが、さっきからふたりそろっておろおろしている。

「で、殿下、その、娘は体が弱く……」

世間一般に流れている噂通りのことを言ってやんわりと断ろうとしてきた公爵を、リオネルはにこりともせずに遮った。

「ブランシュの事情は、大叔母から聞いて知っています」

リオネルのこのひと言に、公爵夫妻の顔色が目に見えて変わった。

公爵は青ざめ、逆に公爵夫人はあからさまに不機嫌そうな顔である。

リオネルはこのふたりの心情に配慮してやる必要はないと判断した。

「あなた方も魔力がないとずっと閉じ込めていた娘を厄介払いできていいんじゃありません

か？　一生隠しておくこともできないでしょう。……いつ、真実が明るみに出るかわかりませんからね」

暗に、断れば知っていることをすべて世間に流すと脅せば、公爵は狼狽《うろた》えた。

「し、しかし……。それに、なぜブランシュなのですか。殿下なら他にいくらでも……」

リオネルがブランシュを娶りたいと希望した理由は、もちろんある。

ひとつは大叔母シャルリーヌとの約束。

もうひとつは――大叔母から聞いていた彼女の持っている〝色〟にあったが、そんなことをわざわざ説明してやる必要はないだろう。

渋る公爵に、リオネルはもう少し畳みかけた方がいいだろうかと考えたが、その前に、ふん、と鼻を鳴らして公爵夫人が口を開いた。

「いいではないですか、あなた。だって殿下はもうじき辺境に向かわれるのでしょう？　それほど遠くなら、ブランシュがどうしようと、噂になったりしませんわ」

リオネルは内心でおやと目を見張った。

リオネルの辺境行きは先ほど王妃に告げられたばかりだ。それなのにどうして公爵夫人がそのことを知っているのだろう。

（驚いているところを見るに、公爵は知らなかったみたいだな……。シャプドレーヌ公爵夫人は王妃と仲がいいと聞くが、そのせいか？）

そして、実の娘が絶望の地へ向かうことになっても構わないと言わんばかりの公爵夫人の態度に虫唾《むしず》が走ったが、時間を浪費したくないので、リオネルは彼女の言い分に便乗することにした。

「その通りです。このたび辺境行きが決まりましたのでね、結婚後はブランシュにもそちらに異動してもらうことになります。誰も訪れないような辺境です。ブランシュが魔力なしだと知られることはないでしょう」

公爵はそれでも渋るそぶりを見せたが、最終的には了承し、使用人にブランシュを呼んでくるように命じた。

ややあって応接間に顔を出したブランシュに、リオネルは思わず息を呑んだ。

シンプルなドレスに身を包んだ彼女は、亡き大叔母シャルリーヌを若返らせればこのような姿になるだろうというほどよく似た顔立ちをしていた。

ふわふわとやわらかく波打つ鮮やかな金髪は、ほっそりとした顔の輪郭を優しく守るように流れ落ちている。欠点の見当たらないほどに整った目鼻立ちだったが、その中でも特に美しいと思ったのは彼女の瞳だった。

ブランシュの大きな瞳は、右が青灰色、左がエメラルドグリーンだった。

彼女がオッドアイであることはシャルリーヌから聞いていて、ブランシュの母親はその瞳を毛嫌いしていたと聞くが、リオネルには彼女の色の違うふたつの目は、息を呑むほどに美しかった。

化粧の匂いが嫌いなリオネルは、化粧っ気のない彼女の顔にも好感を持った。

みずみずしいサクランボ色の唇は緩く弧を描いていて、多少の戸惑いは見られるものの、ブランシュは穏やかな表情でリオネルを見つめている。

父親である公爵に座るように言われて、ブランシュは見ほれるほど綺麗な所作で席に着いた。

公爵はこほんとひとつ咳ばらいをして、娘に告げた。

「ブランシュ、お前の結婚が決まった。相手は目の前にいらっしゃるリオネル殿下だ」

ブランシュはぱちぱちと目をしばたたいて、それから、左右の色の違う目を、これでもかと見開いた。

☆

結婚が告げられてからというもの、ブランシュは目が回るほどに忙しくなった。

というのも、彼女の人生に結婚という選択肢があるとは、ブランシュ自身も家族も使用人も誰ひとりとして想定していなかったので、大急ぎで必要なものをそろえなくてはならなかったからである。

外出することのなかったブランシュは、よそ行きのドレスすら持っていないのだ。

母は急な結婚だからあちらで準備するだろうと投げやりだったが、体裁を人一倍気にする父はそれを許さなかった。

口の堅い仕立て屋を大急ぎで呼びつけて、使用人に対して、決して恥ずかしくないだけの準備を整えるようにと口を酸っぱくして命じていた。

ブランシュはブランシュで、祖母からもらったものはなにひとつとして残していきたくないと、シャルリーヌにもらった本や彼女の形見などを大急ぎで箱や袋に詰めていく作業に忙殺された。

祖母が逝去した際、姑を嫌っていた母によって、祖母のドレスなど大半のものは処分されてしまったが、ブランシュがこっそりと隠し持っていた形見は多数存在する。

それはシャルリーヌが生前にブランシュに渡したものが大半だったが、これがまたなかなかの量なのだ。特に本はとんでもない数がある。

父も、もともとこの家にあった以外のシャルリーヌがブランシュに買い与えた本は、邪魔だから持っていくなり処分するなりしろと言った。

処分されてはたまったものではないので、ブランシュは荷物をまとめては、ひと足先にリオネルが向かったエスポワールへ向けて荷物を送るという作業を繰り返した。

リオネルからは荷物があればエスポワールにある領主の館――古い城があるらしい――へ送って構わないと言われていたからだ。

こうして、ドレスを仕立て、真新しい家具やなんかも用意して、公爵令嬢が嫁ぐにふさわしい準備が急ピッチで進められ、ブランシュは、春を待たずして、エスポワールへと旅立つことになったのだった。

二　希望の名を持つ絶望の地

（それにしても、いったいどうしてリオネル殿下は、わたしを妻に選んだのかしら？）

なにもなかった結婚初夜から一夜明けて、ブランシュは考えていた。

昨日の夕方にエスポワールの領主の館――あちこち壊れかけている古い城――に到着したブランシュは、寝室にておよそ三カ月ぶりに対面したリオネルの顔を思い出す。

三カ月前はあんなにもやつれていなかったと思ったのだが、正直言って、あまりはっきりと顔を覚えていなかったのでわからない。

なぜならあの時ブランシュは驚きすぎて、求婚者の顔をゆっくり観察できるような精神状態になかったからだ。気が付いた時には話がまとまっていて、リオネルは帰っていた。

青銀色の髪に紫色の瞳の端整な顔立ちの王子だとは思ったが、記憶に残っていたのはそれだけだ。

（結婚誓約書を教会に提出したから、結婚したのは間違いないんでしょうけど……女にかまけている暇がないっていうなら、なんで結婚したのかしらね）

昨日通されたのは夫婦の寝室で、内扉で繋がった隣の部屋は夫婦の共有の部屋だと聞いたが、リオネルは『この部屋はお前にやる。好きに使え』と言ったので、ブランシュの部屋だと認識していいだろう。

ベッドに座って考えていたブランシュは、ひとまず隣の部屋を確認してみることにした。

内扉に鍵はかかっておらず、押し開ければ寝室の倍はあろうかという広い部屋に、ドンドンドンと箱が積み上げられ、真新しい家具がひとまとめに置かれてあった。

どれもブランシュがシャプドレーヌ公爵家から送った祖母の形見と〝結婚支度〟の品々だ。

古いが城だけあって間取りは広いため、大量のはずの荷物も少なく見える。

他には古い家具が埃をかぶってそのまま放置されてあった。

（……いったいこれは、どういうことなのかしら？）

寝室は綺麗に整えられていたが、隣の部屋はまるで何十年も使われず放置されていたようなありさまだった。

とてもではないが、一国の王子が住んでいる場所には見えない。

王子どころか、新婚の夫婦が使うことを想定しているとも思えない。

（ここが絶望の地と言われるほど干上がった大地だっていうことは知っていたけど……これはないわね）

リオネルはブランシュに先立ってこの地へと移動した。

王都からここまで、一カ月半から二カ月かかるが、それでもまるまる一カ月は時間があったはずだし、もっと言えば、仮にも王子が公爵位を賜り赴任してくるのだから、それ相応の準備が整えられてしかるべきだろう。

(ダメだわ。わたしの常識と〝世間の常識〟のすり合わせが必要みたい)

世事に疎くても、祖母からいろいろなことを教わって育ったブランシュだったが、これはあまりにも予想を超えすぎていた。

王妃に疎まれている第一王子と、誰からも見向きされなかったこの地のことを、もっとよく知ることから始めなくては、ここでの生活はままならないだろう。

「先が思いやられるけど……ま、笑っていたらいいことあるわ」

現実は楽観視できる状況ではないが、シャプドレーヌ公爵家にいた時よりは何倍もましだった。なぜならリオネルは好きに過ごしていいと言ったのだから。

ブランシュは自由を手に入れたのだ。

とはいえ、そういう事実がなくとも戸籍上はリオネルの妻になったのだから、少なくとも女主人としての仕事はこなすべきだろう。

(リオネル殿下と仲良くなる……のは無理かもしれないし、後回しでいいから、ひとまず情報収集ね)

そうと決まればこの場所で味方を手に入れるべきだ。

そう考えたブランシュは、ようやくここで、夜が明けたのに部屋に誰も来ないことを怪訝に思った。普通は侍女かメイドが、顔を洗うための水を持ってきたり、身支度を手伝いにきたり、朝食の準備を整えるなり呼びに来るなりするものである。

ブランシュは首を傾げ、寝室に戻ると、廊下に続く扉を開けてみた。

するとどうだろう。廊下には、二十歳過ぎくらいのひとりの侍女だかメイドだかが、所在なげに立ち尽くしていた。

「……なにをしているの？」

ぱちぱちと目をしばたたいて訊ねると、赤茶色の髪の彼女は慌てたように腰を折った。

「お、おはようございます、奥様！　わたくし、メーベルと申します！　旦那様より奥様の侍女を仰せつかりました！」

メーベルと名乗った彼女は、どうやら王都から連れてきた使用人ではなく、こちらで雇った人物のようだとブランシュは悟った。言葉に特有の訛《なま》りがあったからだ。

「そうなの、よろしくね。ええっと、そういえば昨日の人は？」

昨日、この部屋に案内して夕食を運んできたのは三十代後半の女性だった。気になってメーベルに訊ねると、昨日の女性はロバータという名前で、侍女頭だと教えてくれた。

「とりあえず中に入って」

立ち話もなんだろうからと部屋に案内すると、彼女は内扉が開いているのを見つけて悲鳴をあげた。

「お、お、お、奥様！　隣の部屋を見てしまったのですか‼」

「ええ……見たらダメだったの？」

「ダメです！」

メーベルは泣きそうな顔でこくこくと首を縦に振った。

「まだお掃除が追いついていないんです‼　人手が足りなくて……！」

なるほど、あの部屋が手つかずのまま放置されていたのは、人手の問題だったらしい。

（でも掃除が追いつかないほど人手がないって、どういうこと？）

ブランシュはますますわけがわからなくなった。

首をひねっていると、メーベルが内扉を閉めて隣の部屋を封印した後で、それから不思議そうな顔をした。

「そういえば旦那様はどちらでしょう？　いつまで経っても旦那様が出てこられなかったので、廊下で待っていたんですが……」

メーベルは、新婚夫婦の朝を邪魔してはいけないと気を遣い、リオネルが出てくるのをひたすら廊下で待ち構えていたらしい。

（だから廊下に立っていたのね……）

そして、このメーベルという侍女が、貴族に仕えるのに不慣れであるということもわかった。

普通は廊下で待ち構えていたりしない。慣れている侍女ならばそれとなく入室の機会をうかがい、いつまでも主が出てこないようなら、退出を促したりするものだ。

侍女にはそのほとんどが、貴族令嬢かそれに準ずる女性がなるものだが、訛りのある口調といい、不慣れな様子といい、彼女はそういった女性ではないのかもしれない。

（情報を小出しにされると余計に混乱しそうだわ）

これは順を追って確認すべきだ。

ブランシュはメーベルに対面のソファを勧め、彼女が遠慮がちに腰を下ろすと、ずばり訊ねた。

「殿下がこちらにいらっしゃってから今日までのこと、それからここの使用人が全部で何人いて、どこの誰なのかを教えてちょうだい」

「ええっと……それでしたら、ロバータさんが詳しいですよ。わたしは三日前に雇われたばっかりですし……」

「三日前⁉」

「あ、他の人もそんな感じです。ロバータさんと執事をしているロバータさんの夫のアントニーさんが最初に雇われて、あとは少しずつ増やしていったと言いますか、ロバータさんとアントニーさんに声をかけられて増えていったと言いますか、そんな感じらしいです。わたしもロバータさんに声をかけてもらいました」

「ちなみに、使用人は今何人いるの？」

「キッチンメイドと料理人、庭師を含めて十人です！」

「たった十人⁉」

（ありえないわ！）

ブランシュはくらくらとめまいを覚えた。

（シャプドレーヌ公爵家のタウンハウスだって下働きを含めれば三十人はいるわよ！）

これでは掃除の手も足りないはずだ。

昨日外から見た限りでも、この城は古いが無駄に広かった。綺麗に整えられている状態であっても、最低でも三、四十人の使用人が必要だろう。それでも少ないくらいだ。

唖然としているブランシュに気が付いていないのか、メーベルは笑いながら、「一昨日までは庭の草むしりに忙しかったんですー」と言っている。

放置されて荒れ放題だった庭を整えるのに、使用人総出で取りかかっていたらしい。

「普段は草も生えないようなところなんですけど、雨期には少し生えるんですよね。その時の草が枯れて長年積み重なっているような状態で、整えるのに苦労しました！」

「そ、そうなの？」

「はい！　あ、その枯れた草は欲しいという方にあげちゃったんですけどよかったですよね？」

「リオネル殿下がいいのであれば、わたしが口を出すことではないわ」

庭に放置されていた枯草を欲しがる人がいるような環境らしいというのに再びめまいを覚えそうになりながら、ブランシュはどうにかメーベルに微笑みかけた。

せめて見た目だけでも綺麗にしようと頑張ってくれていたという彼女たちの気遣いは嬉しい。

ただ、外を片付けるだけで手いっぱいの状態で、城の中は最低限寝泊まりができるスペース以外は手つかずの状態なのだそうだが。

(王妃様も大概ね。これは殿下への嫌がらせ以外のなんでもないわ)

使用人は全員現地人だというのだから、リオネルは使用人どころか側近のひとりも王都から連れてきていないのだろう。

「それで奥様、旦那様は……？」

メーベルはまだリオネルの姿が見えないことを気にしていた。

秘密にしていたってどうせベッドメイクでもすればすぐにばれるだろうからと、ブランシュは手短にリオネルとベッドをともにしなかったと説明する。

「昨日の夜、さっさとどこかへ行ってしまわれたわ」

すると、メーベルは頭を抱えた。

「ああ！　じゃあ旦那様はまた徹夜ですか‼」

「……徹夜？」

「はい！　ここに来てからほとんど毎日、徹夜で仕事をしておいでです！」

「嘘でしょ？」

道理で顔色が悪かったわけだ。ブランシュはあんぐりと口を開けた。

メーベルは「奥様がいらっしゃったら休んでくださると思ったのに」と、ちょっと頓珍漢《とんちんかん》な方向で嘆いている。

これが仕事に慣れた侍女なら、新婚夫婦の間に初夜の営みがなかったことを嘆くはずなのに、メーベルはそのあたりのことはどうだっていいようだ。

（……とりあえず、食事の後に城の中を見て回って、それからロバータに話を聞きましょう）

ブランシュは、はあ、とため息をついた。

朝食は一階のダイニングに用意されていたが、そこにリオネルの姿はなかった。

ダイニングテーブルに並べられた朝食は、実に質素なものだった。

パンと具の少ないスープ、それからヨーグルトだ。

昨晩の食事はもう少し豪華だったが、朝食のメニューに厚切りのベーコンステーキとジャガイモのサラダが追加されたくらいの差でしかない。

しかし、エスポワールが実りのない大地であることは事前にわかっていたことなので、ブランシュはこれを不満とは思わなかった。

むしろ、事前に聞きかじっただけの情報をもとに考えれば、これでも頑張ってくれた方だと思う。

エスポワールは国からの食糧援助はあるものの、領民全員が満足に食べられるほどの充分な量が供給されているとは言えず、一年中、食糧の調達にあぐねているようなところなのだ。

「ロバータ、少しいいかしら?」

食事を終えると、ブランシュはさっそく侍女頭のロバータを捕まえた。

メーベルは寝室の隣の部屋の掃除をすると言って、ひとりのメイドとともに掃除道具を抱えて階段を駆け上がっていったので、ブランシュはこのままダイニングで話すことに決めた。

時間があれば掃除を手伝い、結婚支度として配送させた家具と古い家具を入れ替えたりしたかったのだが、それよりもロバータから情報を得る方が先決だった。

まず情報を整理し、ここでの行動指針を立てるべきだからだ。

昨夜の様子ではリオネルに報連相を期待したって仕方がなさそうなので、ブランシュはブランシュだけでこれからどうすべきかを考えるのである。

(リオネル殿下は『俺に迷惑をかけなければ、自由にしてくれて構わない』って言ったものね)

彼の〝迷惑〟の基準はわからなかったが、ブランシュの行動が癇に障ればなにかしら言ってくるはずなので、これはいいだろうか悪いだろうかと、いちいち考えずともいいだろう。

ロバータはブランシュに話があると言われて戸惑ったようだったが、領地やこの城のことを訊ねると、「ああ」と納得して教えてくれた。

「わたしが把握している範囲内にはなりますが……」

ロバータによると、ロバータ、アンソニー夫妻は、もともとエスポワールの代官に近いような役割をしていたらしい。

といっても、彼女たちは貴族というわけでも、国から直接雇われたわけでもないそうだ。

エスポワールは完全に放置されていた地で、王都から誰も派遣されてきていないのだという。アンソニーは、高祖父の時代からこの城の使用人をしてきた家系で、誰も寄りつかなくなった城を放置できないと、夫婦で管理していたらしい。

管理といっても大きすぎる城だ。人が住めるように整えるのは無理な話で、ただ単に、たまに様子を見に入るくらいのものだったという。

そうしているうちに、領民たちからぽつぽつと相談事が寄せられるようになり、それらを集約して国に送ったりしているうちに、これまでエスポワールの各町に適当に配分されていた国からの食料がアンソニー宛てにまとめて送られはじめたらしい。

おおかた、エスポワールの食糧援助を管轄している官吏が、それぞれの町や村に配分するのが面倒くさくなってひとまとめに送るようになったのだろうと推測された。つまり官吏の怠慢だ。

仕方ないので、アンソニーはそれらを各地に配分して回るようになった。

そうしているうちに今度は各地の町長や村長がアンソニーのもとに集まりはじめて、以前にも増して細々とした相談事をしはじめた。

そして気が付いた時には、国から給料が支払われるわけでもないのに、エスポワールのなんちゃって代官のような役割を押しつけられていたらしい。

（アンソニーもロバータも人がいいのね）

普通ならさじを投げたくなるような面倒事だろうが、そうしなかったのはふたりが情に厚い人物だからだろう。

「旦那様がこちらにいらっしゃるという話も、夫宛てに国から連絡が入りました。正式な領主様ですし、ましてや王子殿下ですからお出迎えしないわけにもまいりませんので、僭越ながらわたしと夫がお迎えしたんです」

するとどうだろう。リオネルは護衛の兵士数名とやってきたが、到着するや否やリオネルだけを残して、護衛たちは王都にとんぼ返りしたという。

（……もう、信じられないことばっかりだわ）

王子をひとり残して帰る兵士がいるだろうか。なんのための護衛だ。

（護衛というより、リオネル殿下が途中で逃げ出さないかどうかを見張る監視みたいだわ）

ふとそんなことを思ったが、あながち間違いでもない気がしてきた。

王妃アルレットはリオネルを疎んじている。リオネルにエスポワールを与えたのが彼への嫌がらせだとしたら、そのくらいしてもおかしくない。

「旦那様は護衛たちが帰ったことにはなにもおっしゃいませんでしたが、さすがに寝る場所もなさそうなほど埃まみれの城には頭を抱えられて……。その、こういう言い方は失礼かもしれませんが、その様子があまりに忍びなかったので、わたしとアンソニーは、旦那様とともにひとまず寝る場所の確保をいたしました」

するとと、リオネルはロバータとアンソニーに、このままここで働いてくれないかと持ちかけたそうだ。城を発つ時に、私物はすべて持ってきたから、当面はきちんと給料も支払える。自分の資金が底をつくまででいいから、手伝ってほしいと言われたらしい。

「正直、ここではお金があっても大した役には立ちません。お金があっても、買える食糧には限りがありますから。隣の領地に行けば別でしょうが、移動するための馬やロバも、ここにはほとんどいないんですよ。馬やロバを養う食料がありませんからね」

だからロバータもアンソニーも、給料はどうでもいいと答えたらしい。

それよりも、リオネルの着任により領地の状況が改善する方がよっぽど自分たちのためになる。だから、貴族にも仕えたことのない無作法な自分たちで構わないなら、手伝わせてほしいと申し出た。

（……本当に、なんて優しい人たちかしら。心が洗われるようだわ）

ブランシュは感動した。

この過酷な環境にあって、誰かのためを思って行動できる人が果たしてどれだけいるだろう。

ブランシュは、リオネルもさぞ喜んだに違いないと思ったが、ロバータによると、彼はとても不思議そうな顔をしてその申し出を受け入れたらしい。

「その後で、わたしたちは旦那様に許可を得て、ほとんど無給で働いてくれる人を探しました」

「無給で？」

「ええっと……旦那様によると、持ってきた資金に余裕があるわけではないそうで、大勢の人を雇うつもりはないとおっしゃられたので」

「なるほど」

だから、『ほとんど無給』という条件をつけて人を探したのか。

これでこの城の規模のわりに使用人が少なかった理由が判明した。むしろその条件下で八人も見つけられた方が驚きだ。

「旦那様は城のことは任せるとおっしゃって、こちらに来られてからおよそ一カ月、寸暇も惜しんでお仕事をされています……」

ロバータは心配そうに顔を曇らせてから、気を取り直したようににこりと笑った。

「でも、昨日奥様にお会いして確信いたしました。きっとここは、過去の希望を取り戻すことでしょう」

「……どういうことかしら？」

奥様、と呼ばれる存在が自分であることはさすがにわかったが、ブランシュを見て希望を取り戻すことを確信したという意味がわからなかった。

首を傾げるブランシュに、ロバータは自信満々に言った。

「だって奥様は、伝説の聖女様と同じ色をお持ちですから」

☆

エスポワールの状況を知っていながらなんの援助もしない近隣の領地を治める領主に〝苦情〟という名の書類をしたため終わったリオネルは、首に手を当てて、こきこきと左右に動かした。

ずっと書類仕事をしているせいか、肩や首がカチコチに凝っている。

少し休憩をするかと目頭をもみながら、リオネルは執務室の古ぼけたソファに横になった。

これはこの城にずっと放置されていたもので、クッションもなにもなく、木枠に布が張られているだけの作りだったために再利用可能だと判断し、適当なシーツをかけて使用しているリオネルの仮眠用のベッドだ。

（……ああ、疲れた。なにか食べないとな）

そういえばまだ朝食も取っていない。

せめて水分でもと、首を巡らせてソファの前に置かれているローテーブルの上を見やれば、色あせた本が一冊置いてあるのが目についた。

これは、この城の書庫に残っていた古い日記だ。

百五十年ほど前までエスポワールにいたとされる聖獣と聖女のことが記されていた。

リオネルは王都にいた時からエスポワールについては多少なりとも調べていたが、やはり現地に来ると王都では手に入らなかった情報が出てくるものだ。

仕事に忙殺される傍ら、わずかな余暇を利用してリオネルが聖女や聖獣についての情報を集めるのは、もはや必定と言ってもいいだろう。

（……ここは、ひどすぎる）

王都でも最悪の地だと聞き及んではいたが、想像と現実はあまりに乖離《かいり》していた。想像の何倍もひどかったのだ。

食べるものがないという現実を、リオネルは正しく理解できていなかったのだろう。

食料が充分に行き渡らず、飢餓で苦しみ、命を落とす人々。充分な水がなく、ゆえに水質が悪化し、伝染病が蔓延したというデータもあった。

出生率も悪ければ出生後の生存率も王都の半分以下という現実。

はっきり言って、どんな手を尽くしてもこの地の現実が上向くとは思えなかった。

しかし、このような絶望の地が、聖獣や聖女の伝説が真実なのかは不明だが、少なくとも聖獣がいたとされる百五十年前までは豊かな地だったというのだ。

聖女や聖獣がただの伝説であっても、豊かな地だったというのだからなにかしらの秘密があるはずである。せめてそれがわかれば現状の打開に繋がるのではないかと、リオネルは必死だった。

（しかし、どれを読んでも聖獣や聖女の奇跡としか書かれていない……）

日記には、聖女が聖獣を眠りから目覚めさせたとある。

聖獣が水脈かなにかのたとえではないかと推測してみても、それらしき記述はない。

ならば本当に聖女がいたのかもしれないが、リオネルには聖女という存在がいまいちぴんと来なかった。奇跡を起こすものを聖女と呼ぶのだとしても、その力は魔術となにが違うのだろう。

テーブルの上に置かれていたコップが空だったので、リオネルは軽く手を振る。

空だったコップの底から、まるで湧水が湧き出すように水が生まれ、あっという間にコップをいっぱいにした。――これが魔術だ。

バゼーヌ国の貴族ならば、多かれ少なかれこのような魔術が使える。

リオネルは起き上がり、コップの水を一気に飲み干した。自覚症状はなかったが、喉が渇いていたようだ。体に水分が供給されると、リオネルは再び考え込む。

聖女の力と魔術の差異について、だ。

ブランシュのような例外を除いて、魔術は貴族であれば使うことができるが、この力は決して万能ではない。リオネルはコップに水を張ったが、水をエスポワールの住人すべてに行き渡るだけ生み出せるかといえばそうではないのだ。

王家の血筋からか、リオネルの魔力は多い方で魔術もそれなりに扱えるが、頑張ったところで一日に作れる水はバスタブに半分くらいのものだろう。それ以上は魔力が枯渇して魔術を使えなくなる。

魔術師団の団長であろうとも、バスタブをいっぱいにするのがせいぜいだろう。

大魔術師と呼ばれる人間でも、その程度の力だ。

魔術が使えない人間から見れば、それでも恐ろしく万能なのだろうが、この力で国民を豊かにすることは到底不可能である。

大地を潤すことも、木々を生やすことも、食糧を手に入れることもできない。

なにもないところに若干の水を生み、火を生み、風を起こす。部屋を明るくすることもできるし、自分の半分程度の重さのものであれば宙に浮かすこともできるけれど、想像すればわかる通り、それらの力はせいぜい個人が楽をできる程度のものなのだ。

魔術でなんでも解決できるのならば、国に技術者なんていらないし、医学の研究を続ける必要もないのである。

貴族はこの程度の力を誇り、天狗になっているのが、リオネルは馬鹿馬鹿しくてならなかった。

魔術が万能で神の力だと信じている馬鹿どもは、ただ自分たちが優れた人間だと信じ込みたいだけなのだ。

魔術で飢餓に苦しむ人を救えるわけでもない。不治の病に苦しむ人を治癒できるわけでもない。たったほんの少しの便利さ。それをなによりも尊く得難いものだと声高に叫ぶ連中の気が知れない。

リオネルは日記の、しおりを挟んでいた部分を開く。

そこには、百五十年前に存在したと言われる聖女の特徴が書かれていた。

神の祝福を受け、空の青、森の緑を宿して誕生したという伝説の聖女。

伝説の聖女は、ブランシュと同じ、青い瞳と緑の瞳を持った女性だった。

☆

(伝説の聖女様、ねえ……)

ブランシュは聖女伝説を脳内で反芻しながら廊下を歩いていた。

ロバータから話を聞いた後、この城の様子を確かめようと、歩き回っているのだ。

本当はリオネルにもらった夫婦の部屋という名の〝自室〟を整えようと思ったのだが、メーベルに掃除が終わるまでは立ち入り禁止だと言われた。

ブランシュは邸に閉じ込められていたとはいえ公爵令嬢だったので、掃除の戦力にはならないかもしれないが、猫の手くらいには役に立つだろうと言ったのだけれど、奥様にそんなことはさせられないとすごい剣幕だった。

城の中でも人が通る廊下は、使用人たちがそれこそ総出で一生懸命に掃除したのだろう。

飾り気はまったくないが、少なくとも息を呑むような汚さはない。

けれど、廊下を歩きながらなにげなく部屋の扉を開いたら、そこは野ざらしの倉庫も真っ青なくらいのありさまだった。

（これを全部掃除して回るには……どう考えても人手が足りないわ）

ひとまず使う場所だけ掃除しておけば生活には困らないだろうが、ずっとこのままにもできない。

けれども城を整えるより、エスポワールの住民に食料を供給する方が急務だし、現状の打開策を見つける方が掃除よりもよっぽど求められる領主の仕事だろう。

とはいえ、『自由にしてくれて構わない』と言ったリオネルだ。ブランシュの手助けなどこれっぽっちも期待していないと思われるので、領主の仕事は彼に丸投げしておけばいい。

ブランシュは、リオネルが意識していないところを中心に動いた方がよさそうだ。

ひと通り城の中を見て回った後で、ブランシュはなにげなく書庫に足を向けた。

埃まみれだが一応本はあるとロバータから聞いたのだ。

（ここが豊かだった頃の情報があるといいんだけど……）

リオネルが目を向けていないところへ目を向けようと思ったブランシュだったが、奇しくもリオネルと同じことを考えていた。

ロバータによると、聖獣と聖女がいたとされる百五十年ほど前までは、エスポワールは豊かな地だったという。

ロバータは、ブランシュのオッドアイが、伝説の聖女と同じだと言った。

百五十年前の聖女もオッドアイで、青い瞳と緑の瞳を持っていたのだという。

ブランシュは青といっても青灰色なので、聖女と同じとは言えないが、オッドアイが生まれる確率を考えると、ロバータがそう言って縋りたくなる気持ちもわからなくはなかった。

残念ながらブランシュは聖女どころか魔力すら持っていないので、彼女の期待通りの働きができるとは思えないが、あんな風に期待されれば、なんとかしなくてはいけないと不思議な義務感に駆られてしまうものだ。

（作物が育たないのは水が影響していると思うのよ。慢性的な水不足で大地が干上がっているんだわ）

しかし百五十年前までそうでなかったのならば、伝説の聖女は、この地になんらかの水対策を施したのではないかと推測できた。さらにエスポワールの西側は海に面していて、作物を育てるならば塩害に強いものでなくてはならない。

（海の水をそのまま使うことはできないけど、海の水をろ過して使うことができれば……って、

百五十年前にそんな技術があるはずないわ。今でもないのに）

ちまちまとろ過する方法ならないわけではないが、この地に暮らす人々の喉と大地を潤すだけの水をろ過するには大規模なろ過装置が必要だ。そして残念ながら、そのような装置はどこにもないし、開発しようにも、技術的なことはブランシュもわからない。

さらに、呑気に開発に時間をかけていられるほど、この大地に余裕があるとは思えなかった。第一、技術者もいないだろう。

国がこれまで放置していた現状を考えると、国にろ過装置の開発を依頼したところでなしの礫《つぶて》だろう。国は完全にエスポワールを見捨てている。

（百五十年前まで、ここはどういう状況だったのかしら？）

この城は、古いが立派な作りをしていた。これはこの地が豊かであった証拠だ。なにもないのに、こんなに立派な建造物を建てるはずがない。

（あと考えられるのは、聖女と聖獣は本当に存在して、聖女はものすごく力を持った魔術師だったってことかしら。聖獣はよくわかんないけど、聖女がその力でここを豊かにしていた、とか？）

なかなか広大な領地であるエスポワールがひとりの魔術師の力でどうこうなるとは到底思えないが、伝説になるくらいだ、魔力のないブランシュでは想像もしえない力があったのかもしれない。

聖女が強大な魔術師だったというオチならば、ブランシュにはどうすることもできないので、どうか他に秘密がありますようにと祈るばかりだ。

（……あれ？）

埃まみれだからと聞いた書庫の扉を慎重に押し開けたブランシュは、そこに先客がいるのに気が付いた。リオネルだ。

「ええっと……おはようございます、殿下」

声をかけないのも失礼なのでブランシュが無難に挨拶すると、リオネルは扉の音には気付かなかったのか、驚いたように顔を上げた。

そして、少しの間の後で、「ああ」と短い返事がある。

挨拶の返事が『ああ』とは妙なものだと思いながら、ブランシュは書庫に入ると、彼が見ているのとは反対側の本棚へ向かった。昨夜『俺に迷惑をかけなければ～』とかなんとか言っていたので、近くにいない方がいいだろうと思ったのだ。

（それにしても、昨日より顔色が悪くない？　メーベルが徹夜がどうとか言ってたけど、本当に寝ていないのかしら？）

ちらりと肩越しに振り返ると、リオネルは眉間に深い皺を刻み難しい顔をしている。

昨夜も同じような表情をしていた。

思い返せば、三カ月前にシャプドレーヌ公爵家で会った時も、似たように眉間に皺を寄せた気難しそうな表情を浮かべていたと思う。

（……難しい顔が癖になっているのかしら？　ぐっと眉間に力を入れていたら疲れるでしょうに）

笑っていればいいことがあるという祖母の言葉を思い出して、これでは幸せもやってこないでしょうねと、どこか他人事のように思う。

ブランシュは本棚を眺めて、聖女や聖獣について書かれた本と、それからエスポワールの歴史、周辺の地図などを選んで抜き取っていくと、リオネルの邪魔にならないように、そそくさと書庫から立ち去ったのだった。

三　信頼できる存在

「え⁉　リオネル殿下が倒れた⁉」

それは、ダイニングでひとりで昼食を取っていた時のことだった。

エスポワールに来てから二週間が経ったが、リオネルとはたまに廊下ですれ違うか書庫で鉢合わせするくらいで、寝室はおろか食事すらともにしていない。

夫婦以前に、同居人としてもどうかと思うような関係だ。『おはようございます』『ああ』『こんちには』『ああ』以外の会話をした覚えがない。というか会話ですらない気がしてきた。

今日は卵があると喜びながら目玉焼きを食べていたブランシュは、フォークとナイフを置いて立ち上がった。

「倒れたって、どういうこと⁉」

驚きのあまり強い口調になってしまったからか、責められていると勘違いした様子で執事であるアンソニーが、ハンカチで額の汗を拭いながら答える。アンソニーの白髪交じりの焦げ茶色の髪が汗で額に張りついている。彼は四十七歳だそうだが、心労がたたっているのか、疲れた顔はもう少し年上に見えた。

「それが……先ほど昼食をお届けに執務室を訪れた時には、すでに意識がなく……」

「最悪じゃない！」

倒れたどころか意識までないとは。

「お医者様は⁉」

「ここから少し離れた町に年老いた医師がおりますが……その、老人にはここまでの距離を歩くのもつらく……」

（そういえば、馬車もないんだったわね）

ブランシュが乗ってきた馬車も、到着早々王都に帰っていったし、第一馬なんて見た暁には間違いなく食料にされる勢いなので、ここには移動手段のための馬なんて存在しない。

（いくら食料がなくても、さすがにこれは由々しき事態だわ。馬は手に入れよう……）

アンソニーによると、使用人たちで意識のないリオネルを抱えてベッドに寝かせはしたらしいが、医学の心得のあるものがいないのでどうしていいのかわからずおろおろしているという。

（城に常駐してくれる医者も必要だわ‼）

本当に、ないない尽くしの領地である。

ブランシュは途中の食事をそのままに、寝室へ急いだ。

どうやらリオネルが寝かされているベッドは、ブランシュが使っている夫婦の寝室のベッドらしい。他にベッドがないのだそうだ。徹夜続きのリオネルはなんと、執務室のソファで寝起きしているというのである。

（まさかそこまで無茶をしていたなんて知らなかったわ！　気にかけておけばよかった！）

顔色は悪いが、アンソニーもロバータも気にしているようだったので、ブランシュはリオネルのことを気にも留めていなかった。いくら名ばかりとはいえ、これでは妻失格だ。

走って寝室へ向かうと、真っ青な顔をしたリオネルがぐったりと横になっていた。意識はまだ戻っていないようだ。

少し長めの青銀色の前髪をよけるようにして額に触れると若干熱い。微熱があるのだろう。なまじ顔立ちが整っているせいか、青白い顔でぐったりしていると人形に見えてくる。

（細……この人、まともに食べてないんじゃないの⁉）

脈を測ろうと手首を掴んだブランシュは息を呑んだ。

ブランシュは医者ではないが、シャプドレーヌ公爵家の書庫にあった本を手あたり次第読んでいたので、書庫に置かれていた医学書にも目を通していた。

曽祖父の弟が医学の道に進んだらしく、彼がたくさんの医学書を集めていたのだ。

（栄養失調と寝不足と脱水症状が考えられるけど……多分、一番の原因は過労ね！）

ろくに食べず、ろくに眠らず、仕事漬けの日々を送っていたのだ。間違いない。

使用人が町に走っていって、人力の荷車に乗せて医者を運んでくると言っているが、到着まで早くても数時間といったところだろう。それまで放置はできない。

「ええっと、水に四パーセントの砂糖と、砂糖の重さに対して七パーセントの塩を混ぜたものを作ってきてくれないかしら？　もしレモンやオレンジがあれば果汁を少し搾ってほしいけど、ないなら無理しなくていいわ。それから消化によさそうなものがあるといいのだけど……」

とにかく、意識が戻ったら水分を取らせなければならない。そして食事だ。栄養をつけさせないことには始まらない。そして、しばらくは絶対安静。これに限る。

ブランシュはあくまで本で読んだ知識しか持ち合わせていないので、詳しい診断は医者にお願いするしかないが、医者が到着するまでできることはしておくべきだろう。

ロバータがブランシュの言った比率で砂糖と塩を混ぜた水を持ってくる。それから、オートミール粥を作ってくれているそうだ。

リオネルが目を覚ましたら、まずこれを飲ませ、オートミール粥を食べてもらおう。

「あとはわたしが見ておくわ。なにかあったら呼ぶから、お医者様が到着したら教えてくれる？」

ただでさえ使用人が少なくて大変なのに、ロバータやアンソニーをいつまでも拘束するわけにはいかない。目覚めるまでそばについているだけならブランシュにでもできる。

ロバータたちが部屋から出ていくと、ブランシュはそっと息を吐いた。

「……まったく、この人、自分の限界がわからないのかしら？」

リオネルがここに来てから一カ月半しか経っていないのに、倒れるまで働くなんて、自分自身の体力を過信しすぎている気がする。

困った人ねと呟いて、ブランシュはそっとリオネルの手を握った。

☆

リオネルは、久しぶりに今は亡き母親の夢を見ていた。

夢の中でリオネルは十歳の子どもで、熱を出してうなされていた。

『まったく、困った子だわ』

夢の中で、母は優しい顔にほんの少しの渋面を作って、リオネルの手を握って言った。

『何度言ったらわかるのかしら。人間はね、体を休めないと生きていけないのよ』

あれは……そう。

王妃につらく当たられている母を見て、自分が守らなければと必死になって勉強をしていた頃のことだ。

朝から晩まで勉強し、寝る時間まで割いて本を読んで――、そんな日々を送っていたある日、リオネルは倒れた。休みなさいと幾度となく母に言われていたのに、ほとんど休まなかったせいで、体が限界に達してしまったのだ。

『焦らなくてもいいのよ。焦ったって、物事はなにも好転しないわ。心は常に少しの余裕を持っていないと、なにもうまくいかないの』
リオネルの手を握り、母は滾々《こんこん》と言った。
『時には立ち止まって、深呼吸して、そして休みなさい。いいわね』
母は最後にリオネルの頭を撫でて、そして唐突に目の前からふっとかき消えた。
リオネルは、目を見開いて手を伸ばす。
母上、と叫びそうになった時、その手が優しい温もりに包まれたのを感じた。

ぼんやりと目を開けると、無意識下で伸ばしたリオネルの手を握って、青灰色とエメラルドグリーンの色彩の異なる神秘的な瞳を持った少女が、心配そうな顔でこちらを見下ろしていた。

「気が付きました？」

ホッと息を吐いて、少女――戸籍の上ではリオネルの妻であるブランシュが微笑む。

「俺は……」

なにをしているのだろうか、ここはどこだろうかと首を巡らせようとして、体がひどく重たいことに気が付いた。

「ここは寝室ですよ。殿下は倒れたんです。覚えていないですか？」

「倒れた……」

声が掠れる。

重たい体を叱咤して上体を起こそうとすると、ブランシュがさっと背中に枕を入れてくれた。そして、水の入ったコップを手渡す。

「少し変な味がするかもしれませんけど、飲んでください」

有無を言わさぬ口調に、まだ頭がぼんやりしているリオネルは逆らう意思を持たなかった。

コップを受け取り、中身を口に含むと、甘いのかしょっぱいのかわからない味がする。だが、不思議とそれを体が求めている気がして、ゆっくりとコップの水をすべて飲み干した。

ブランシュは空になったコップを受け取ると、今度はオートミール粥の入った皿を押しつけてきた。

「食べてください。過労だと思います。食べず眠らず働き続ければ、倒れるのは当たり前です」

ブランシュはどこか怒っているようだった。

もともと穏やかそうな顔立ちをしている少女だが、今はほんの少しの渋面を作っている。

まるで、夢の中の母親が浮かべたような表情だと思った。

こういう表情を浮かべている彼女には、なぜだか逆らってはいけないような気がして、リオネルは素直にオートミール粥を口に運ぶ。

ゆっくりと食べながら、リオネルは記憶を探った。

（仕事をしていたのは覚えている。そろそろなにか食べなくてはと思って時計を見たら昼になっていて、アンソニーに簡単なものでいいからと昼食を頼んで……）

そこから先の記憶がない。

つまりその後でリオネルは倒れたのだろう。過労で倒れるなど、無様なところを見られたものだ。

「夕方にはお医者様が到着するそうです。きちんと診断を受けて、体が回復するまでは絶対安静ですからね」

「……そんな暇はない」

オートミール粥のおかげか、先ほどの甘いのかしょっぱいのかわからなかった水のおかげか、少しずつ意識がはっきりしてくる。

それと同時に妙な焦りが胸の中に生まれて、リオネルは気付けばそう返していた。

すると、ブランシュが眉を跳ね上げた。

「暇がなくても無理やり作って休んでください！　倒れたってことを、本当にわかっているんですか？」

「きっと寝不足だっただけだ。少し休んだのでもう大丈夫だろう」

「そんなはずないでしょう！」

「とにかく、呑気に休んでいる暇はないんだ。やることは山積みなのだから」

半分ほど食べたオートミール粥の皿をブランシュに返そうとすると、彼女はやおら手を伸ばして、ぺちっとリオネルの額を叩いた。

「いい加減にしなさい！　子どもじゃないのに駄々をこねない‼」

「だ、駄々……」

唖然として目を見開いたが、ブランシュは容赦なかった。

「おとなしくできないって言うなら、アンソニーたちを呼んで殿下をベッドに括りつけますよ‼　そうされたくなかったらおとなしく看病されていてください‼」

「冗談じゃ……」

「それが嫌なら、倒れるまで無理をしなければよかったでしょう！」

自業自得だと怒られて、リオネルは口をへの字に曲げて押し黙った。

ブランシュの言い分は正論であって、反論したところでなにを言っても言い訳じみている気がしたのだ。

「とにかく、いいと言うまでは絶対安静です。それが守れないなら、本当に縛りつけますからね！」

リオネルはかわいらしい顔をぷんぷんさせながら宣言する新妻に、ただただ閉口するしかなかった。

☆

「本当にここには食べ物がないですね。リンゴひとつ手に入れるのでも大変ですよ。……はい」

ブランシュはベッドの横の椅子に座って、苦労して手に入れたリンゴを丁寧に剥くと、物珍しそうな顔でブランシュの手元を眺めていたリオネルに差し出した。

リオネルが倒れてから今日で三日目だ。

年老いた医師の診断もやはり過労で、リオネルには絶対安静が言い渡された。

夫婦のベッドはリオネルが使っているので、ブランシュは公爵家から送った結婚支度品の中にあったソファを寝室に運び込んで、そこで寝起きしている。

というのも、リオネルをひとりにしておくと、こちらの目を盗んで仕事をしかねないからだ。

リオネルを安静にさせるには、常に監視が必要なのである。

「大変ならリンゴなど買ってこなくてもいいだろう」

「リンゴ食べれば医者いらずって言葉を知らないんですか？」

「初めて聞いたが？　本当にそうなら医者などこの世に存在しないだろう」

「もののたとえですよ。ただ実際、リンゴの栄養価は馬鹿にできないものがあるんだそうです。殿下はとにかく栄養を取らないといけないんですから、黙って食べる」

「………食べているだろう」

リオネルがむすっとした顔で、串切りにしたリンゴをしゃりしゃりと咀嚼《そしゃく》した。

倒れた初日はぶつぶつと文句を言っていたが、さすがに三日も経ったので、リオネルも看病されることに慣れてきたようだ。青白く、目の下にくっきりとした隈が浮かんでいたリオネルだったが、三日もおとなしくしていたからか顔色はかなりよくなってきた。

だが、仏頂面は相変わらずだ。眉間にはすぐに皺が寄るし、にこりともしない。いったいなににそんなに苛立っているのだろうかと不思議になるくらいだ。

ブランシュは黙々とリンゴを食べるリオネルをしばらく見つめて、小さく息を吐いた。

「殿下、いつもそんな顔をしていると、そのうち笑えなくなっても知りませんよ」

余計なお世話かもしれないが、このままだとリオネルが本当に笑えなくなりそうな気がするのだ。

リオネルは怪訝そうな顔をした。

「なぜ笑う必要がある」

「知らないんですか？　笑っていたらいいことがあるんですよ」

ブランシュがなにげなく言うと、リオネルが目を丸くした。

なにをそんなに驚く必要があるのだろうと首をひねると、リオネルがハッとして咳ばらいをする。

「笑ったからといって、領地の状態が上向くはずがないだろう。いいか、今はまだ春だが、このまま冬に突入すれば食べるものがなくなって大勢の領民が死ぬ。去年もそれで大勢が死んだが、今年はそれに輪をかけてひどくなるだろう。時間はいくらあっても足りないんだ」

リオネルは、言い訳をするように早口でまくし立てる。

「確かにそれは看過できない問題ですけど、ちょっと待ってください。今年はさらに悪くなるって、どうしてそんなことがわかるんですか」

「……わかるさ」

リオネルは、はーっと息を吐き出した。

「今はまだ前回の食糧援助で送られてきた備蓄がある。だが、おそらく次から援助は止まるだろう」

「どういうことです？」

リオネルはそこで、ふっと自嘲するように笑った。

「お前はなぜ、俺がこの地の領主になったかわかるか？　王妃の嫌がらせだ。いや、嫌がらせなんてかわいらしいものではない。俺を処分するに足る理由を作るためにこの地を与えたんだ。エスポワールを壊滅に追いやった無能な王子というレッテルが欲しいんだろう。ついでになにかしらありもしない事実を丁稚上げて、処刑なり投獄なりするつもりなのさ」

「つまり……そのために食糧援助を断って、殿下に罪を擦りつけるために領民を見殺しにしようと、そういうことですか？」

「ああ」

ブランシュは言葉を失った。

そんなことがあっていいのだろうか。

人の暮らしを、命を、その程度の理由で弄んで許されると？

「俺は俺のせいで、エスポワールの民が巻き添えを食うのだけは避けなければならない」

そう言って視線を落としたリオネルは、きつく唇を引き結んでいた。

リオネルは、自分のせいで巻き添えを食ったエスポワールの領民に罪悪感を抱いているのだと、ブランシュはようやく、彼が倒れるまで時間を惜しんで仕事をしていた理由を理解した。

王妃の理不尽な命令でこの地を与えられたリオネルは、それを嘆く暇もなく、この地の領民のために身を削って仕事をしていたのだ。

（でもだからって、自分を犠牲にしすぎだわ……）

なんて不器用な人なのだろうかとブランシュは思った。彼の事情はわかったけれど、普通はもう少し自分を甘やかしたりするだろう。限界が来て倒れるまで己の体を酷使したりはしない。

「……俺はお前に、謝らなくてはならないことがある」

しばらく沈黙していたリオネルは、相変わらず難しい表情のままブランシュを見た。

リオネルが背負わされた重荷に対して、どう声をかけるべきかわからないでいたブランシュは、唐突に謝ると言われて怪訝に思った。

「俺は、俺の事情にお前を巻き込んだ。……この状況で、不自由させるつもりはないなんて適当なことは言えない。必ずお前にも苦労させる日が来るだろう。できるだけそうならないようにとは思っているが、穏やかな日々は約束してやれない」

ブランシュは、ここにきて急にリオネルがブランシュを娶った理由が気になった。

生まれた時から閉じ込められて、自由が与えられなかったブランシュは、はっきり言えば彼が自分を娶った理由などどうだってよかった。

シャプドレーヌ公爵家から出ることができて、夫になったリオネルからは好きに過ごしていいと言われた。

ブランシュにはそれがすべてで、それだけでよかったのだ。

一生閉じ込められて生きていくと思っていたブランシュに外の世界を見せてくれたリオネルには、むしろ感謝すらしている。初夜の日に寝室にひとり放置していなくなった、世間一般に考えれば最低な夫でも、だ。

(女にかまけている暇がないって言った殿下の気持ちは、今ならわかる気がするし)

確かにこの状況では、新婚気分で妻にかまけている暇なんてどこにもないだろう。倒れるくらいに働いていたのだ。一分一秒だって惜しかったに違いない。それでも言い方があっただろうが、この不器用な人ならああいう言い方をしても仕方がない気がする。

それに、想像していた新婚生活とはあまりに乖離していたが、むしろ行動が制限されていないここでの生活は、ブランシュの想像以上にいいものだったと言ってもいい。

ブランシュはブランシュなりに悠々自適に過ごしていたし、彼が跡継ぎに困らないのならば一生このままでもいいと思っていた。

はっきり言えば、無関心。自由を与えてくれたことには感謝しているが、それ以上には興味のない存在、それがリオネルだったのだ。

でも、今は不思議と彼が気になる。

どうしてブランシュだったのか。

王妃に疎まれていても第一王子という身分、そして女性が好きそうなどこか甘さのある整った顔立ち、ちょっと頑固そうなところはあるが、それも真面目と置き換えれば美点だろう。

彼の妻になりたいと思う女性は、探せばいくらでも現れたはずだ。

（……まあ、行き先がここだと聞いたら逃げ出した可能性は高いけど）

するとあれか？　行き先を聞いても逃げ出さないであろう境遇のもとに生きていた相手が必要だったとか？　なるほどそれであればブランシュは大いに当てはまる――が、果たして本当に、それが理由なのだろうか。

「聞いてもいいですか？　わたしと殿下は、あの日が初対面だったはずです。それなのにどうしてわたしを連れてここに来ようと思ったのでしょう」

「ああ、公爵家で会ったあの日が初対面だった。それは間違いない。……だが、俺はお前を知っていた。一方的に、だが」

リオネルはふっと息を吐いた。

「俺の母は、子爵家出身の側妃だった。母は俺が十五……今から六年前に死んだが、息子の俺が見ても控えめで聡明な人だった。だからだろう、大叔母——ブランシュ、お前の祖母シャルリーヌ様は、母に目をかけてくれていたんだ。そのため、俺も昔から大叔母にはよく遊んでもらった」

「それは……知りませんでした」

祖母シャルリーヌは、夫であった祖父が逝去してからは城で生活していた。

現王ジョナサンが叔母であるシャルリーヌと仲がよかったからだと聞いていたが、リオネルの話から推測するに、リオネルの母のためだったのだろう。

ジョナサンがどういう経緯で側妃を娶るに至ったのかは知らないが、王妃がつらく当たる側妃の心の平穏のためには、彼女を守れる立場の人間が必要だった。

その点、王の叔母で王女の身分にあった祖母以上に適した人物はいなかっただろう。

祖母は頻繁にブランシュに会いに公爵家に来たが、それ以外の時間をどう過ごしていたかを知らなかったブランシュは、祖母の空白の時間がわかったようで嬉しかった。

微笑んだブランシュに不思議そうな顔をして、リオネルは続けた。

「大叔母はお前のことをよく話していた。本当ならば一緒に遊ばせたいところだが、ブランシュを外に出せないのだと嘆いていた。俺を公爵家へ連れていくことも反対されたのだと」

それはそうだろう。父はブランシュを人目にさらしたくなかったし、母は王妃と仲がよかった。王妃が疎んじている側妃の息子を邸に上げる許可を出すはずがない。

「そんな大叔母は、母が死んだ後も俺の味方で居続けてくれたが、死期を悟っていたのだろうか、逝去する半年前くらいから、しきりに俺に、自分になにかあったらブランシュを頼むと言うようになった。いつかお前を公爵家から連れ出してやってほしい、あの家から救ってやってほしいと。……王妃に疎まれ、なんの力もない俺にそんなことができるはずもないのにと、正直、あまり真面目には聞いていなかったな。頭から無理と決めつけていたから」

（おばあ様が、そんなことを……）

ブランシュはきゅっと胸の前で両手を握りしめる。

ブランシュはあの家から出られるなんて思っていなかった。幼い頃から刷り込まれた諦観で、それが必然なのだと思っていた。

けれども祖母は、ブランシュの未来を考えていてくれたのだ。そして未来をリオネルに託してくれた。ブランシュはだから自由を手に入れることができたのだ。

今ブランシュがここにいるのは奇跡でも偶然でもなんでもなかった。

「けれども王妃にこの地を与えられて、俺は大叔母の言葉を唐突に思い出した。そして同時に、ある打算からお前を妻に娶りこの地へ連れてきたいと考えた。むしろどちらかと言えば打算の方が大きかっただろう」

「それは、わたしが昔この地にいたとされる聖女と同じオッドアイだったからですか？」

「なんだ、知っていたのか」

リオネルは自嘲するように笑った。

「そうだ。お前がオッドアイであることは大叔母から聞いていた。珍しい、とても綺麗な瞳をしているのだと。お前の瞳の色が、大叔母は自慢だったのだろう」

「そうかもしれません。いつも褒めてくれましたから。……母は、普通とは違う左右の色が違う瞳を嫌っていましたけど」

ブランシュがそっと自分の目元を押さえると、リオネルはまじまじとそれを見つめて、さらりと言った。

「俺も綺麗だと思うよ。……あ、いや」

言った後で恥ずかしくなったのだろう、リオネルは頬を赤く染めて視線を逸らす。

そしてわざとらしく咳ばらいをすると、話を続けた。

「だから、その、俺は考えた。国から見向きもされず助けてももらえず放置されていたエスポワールの領民たちは、王子である俺に反感を抱くかもしれない。そんな時、伝説の聖女と同じ色を持ったブランシュの存在は、彼らの心を解きほぐすのに使えないか、と。……それと、もし本当に聖獣というものが存在していて、この地で眠りについているのならば、あわよくばお前のその瞳が聖獣を呼び覚ますのにひと役買ってくれないかとも」

聖獣云々は置いておいても、なるほど、それはブランシュも名案だと思えた。

エスポワールの住人が王家に反感を抱いたとしても、長らく苦しい生活を強いられてきた彼らは、聖女の存在に沸くだろう。本物の聖女でなくとも、同じ色を持っているだけで希望を見出すに違いない。

そして事実、ロバータがそうだったように、リオネルの目論見は正鵠《せいこく》を射ていた。

賢いやり方だと、ブランシュは純粋に感嘆した。

しかしリオネルは、それに罪悪感を抱いているという。

「助けてあげてほしいと言う大叔母の言葉を逆手に取り、俺はお前を利用したんだ」

「そうかもしれませんけど、それだけではないでしょう？」

リオネルは心の底から領民のためを思って行動していた。自分の健康を犠牲にしてまで。

ブランシュの存在は、確かに領民の心に希望を生むのにひと役買うかもしれないが、それだけで万事が万事うまくいくはずがない。

少なくともこの古城に住んでいる使用人たちは、無給で働いてもいいと思えるほどにリオネルを信頼しているのではないか。

この人なら、きっとエスポワールを救ってくれるかもしれないと、期待しているのだ。

それはリオネルが人一倍頑張って仕事をして、一生懸命だったからこそ、だ。

人々の信頼は、たったひとつの偶像だけで手に入るほど安いものではないのである。

ブランシュは空っぽになっていた皿をリオネルから取り上げて、代わりに水の入ったコップを差し出した。

「別にわたしはここでの暮らしが嫌ではありませんし、あなたを恨んでもいませんよ。……ただ、やり方の改善は要求します」

「……改善？」

「ひとりで倒れるまで働くなと言っているんです。少しは人を頼るなりしてください」

「……そんなもの」

気まずそうに視線を逸らしたリオネルを見て、きっと彼は心の底から誰かを信頼して仕事を任せるということができないのだと悟った。

この城の使用人には感謝しているだろうが、心は開いていない。

使用人たちがリオネルを心配していることにすら気が付いていないのかもしれない。

(王妃に疎まれていたってことは、周りは敵だらけだったんでしょうね)

シャルリーヌが亡くなってからは、それこそ信頼できる人間は誰ひとりいなかったに違いない。

だからリオネルが誰かを信じて頼ることができないのはわからなくもなかったが、こんなやり方を続けていては、早々に彼が潰れてしまう。

リオネルはブランシュに少なからず罪悪感を抱いているようなので、言うことを聞かせるにはそれを利用して畳みかけるしかないだろう。

「また倒れたらどうします？　殿下はさっきわたしにできるだけ苦労させないようにと思っているっておっしゃいましたよね？　では聞きますが、もし殿下がまた倒れて、それこそ起き上がれなくなったり、最悪死んだりなんかしたら、わたしはどうなると思いますか？」

「……そ、それは…………」

「そうならないために、殿下は努力すべきではないですか？　最低でもわたしは頼るべきですよね？　ここの使用人たちは城のことで手いっぱいですし、書類仕事や政治のことなど学んでこなかった方々でしょうから、すぐに仕事を任せられないとしても、わたしはある程度ならお手伝いできます。これでも祖母からいろいろ教わってきましたからね」

公爵家から出られないと思っていたブランシュに、祖母はこれ以上ない教育をしてくれた。その中には、将来どこかの貴族に嫁ぎ、夫を支え領地を経営するために必要な知識もあった。

実践経験はないが、そんなものリオネルだって同じだろう。

「お前を巻き込むわけにはいかない」

「すでに巻き込んでいてなにを言うんですか？　さっきも言いましたけど、殿下が倒れた後のわたしの生活は、いったい誰が保証してくれるんですかね？　ああ、もし殿下が死んだりしたら、わたし、その罪を着せられて処刑されちゃうかもしれませんね？　お父様もお母様もかばったりはしないでしょう。だって、使用人の話では、生まれた時にわたしを処分しようとしたらしいですからね。おばあ様が止めてくださらなかったら生きていませんから、わたし」

「…………」

リオネルの視線が泳ぐ。あともうひと息というところだろう。

「はあ、かわいそうなわたし。結婚して殿下にここに連れてこられたかと思ったら、今度は夫を早くに亡くしてその罪で処刑されるなんて……」

「おい！」

「絶対ない未来だって、言い切れますか？」

言い切れるはずがない。むしろリオネルが無理を続けるなら、かなり濃厚な未来だ。

リオネルはぶすっとした顔で、こくこくと水を飲んだ。

「聞いていないふりをしてごまかそうとしたってそうはいきませんよ。……というか、わたし、殿下の妻ですからね、書類だって見る権利はありますよね。勝手に見ちゃおっと」

「待て！」

「見られてまずいものがあるんですか？」

「……ない、が。まだ全然先に進んでいないし、問題だらけで改善策も思いついていない。というか思いついた改善策はことごとくダメだった。見ても仕方がないと思う」

（つまり恥ずかしいから見ないでほしいってことかしら？）

そう気付くと、拗ねた顔がちょっとかわいく見えてくる。

でも、彼がなにを考え、なにをしようとしていたのか、そしてどうダメだったのかは把握しておかなければ先に進めない。

　ブランシュはため息をついて、内扉で繋がっている隣の部屋へ向かった。

　そして、公爵家から持ってきた荷物の中から、宝石類が詰まった箱を持ってくると、ベッドの上に無造作に置いた。

「これ、差し上げます。資金も充分ではないんでしょうし」

　リオネルは箱の中を見て目を丸くした。驚くのも無理はない。そこには上質な宝石や金細工の数々が互いに傷つけ合わないように丁寧に梱包されて、しかしぎゅうぎゅうに詰められているからだ。

「これは、おばあ様が持っていた宝石類なんです。母に内緒で、生前から少しずつわたしのもとに運んでくださって、隠し持っていたものです。宝石は食べられませんけど、これを使えば近隣の領地から食料を買いつけることはできるでしょう？　援助は無理でも買いつけなら、方法はいくらでもあると思いますよ」

　国からの援助が止まっても、足りない分を買いつければ問題はひとつ片付く。

　もちろん、資金も無限ではないので、これだけで安泰というわけではないが、少なくとも対策を練っている間の時間稼ぎにはなるだろう。

「わたしは宝石類に詳しいわけではないですけど、ざっと見積もっても、これだけあれば、贅沢しなければ一年くらいは領民を飢えさせることはないと思いますよ」

王女だけあって、祖母の所有していた宝石類はとんでもなく高価なものばかりだ。

祖母が死んだ際に、母が血眼になって城の祖母の部屋を漁ったことをブランシュは知っている。結局、かさばるドレスはそのまま置かれていたが、宝石類は全部ブランシュに回されていたのでなにも出てこず、ヒステリーを起こしていた。

ブランシュの部屋にも、祖母から宝石類をもらっていないかと乗り込んできたが、見つからないようにベッドの下に大量の本たちに埋もれる形で隠していたので、母は最後まで発見できなかったのだ。

「これは、大叔母の形見だろう!?」

「おばあ様の形見なら、まだ他にもありますから。本もあるし、手紙も。だからそれは使ってくれていいです。その方が、おばあ様も喜びます。ただし、交換条件です。これをあげる代わりに、書類、見ますから。そしてこれからはわたしも一緒に領地のことを考えます」

リオネルは暫時押し黙り、それから疲れたように首を横に振った。

「……物好きだな。もう好きにしろ」

☆

リオネルから諦観という名の許可を取りつけたブランシュは、彼の執務室から寝室に書類を運び込んで、ひとつひとつに目を通した。

目を離すとリオネルが安静にしてくれないからである。

ブランシュのこの行動にリオネルは渋面を作ったが、ブランシュが書類を見ながらいろいろ質問を始めると、それもすぐになくなった。

そして丸三日かけて、リオネルがこれまで作った書類の確認を終えると、ブランシュはベッドの横に机を運び込み、紙に今後の対策について書き出した。

「まず、殿下の書類からこの地の問題点をあげてみました」

ブランシュは紙をリオネルに差し出した。

「殿下が苦心されていたように、食糧や水が足りません。しかし国からの援助は絶望的で、近隣の領地からの援助の見込みも薄いです」

リオネルは国からの食糧援助が止まることを想定し、近隣の領地に食料や飲料水の援助をしてもらえないかと申し込んだ。

しかし国王が病に伏し、王妃が実権を握っているこの状況で援助してくれる領地はどこもなかった。王妃の機嫌を損ねることがわかっていて手を貸す者はいないのだ。リオネルはさらに苦情をしたためて送ったがなしの礫だったらしい。

けれど、食糧を買いつけようにも資金が足りない。リオネルは自分の自由になる金を持ってきていたが、領民全員の食糧を長期的に保証できるほどの金額には遠く及ばなかった。

しかしこの点は、ブランシュの持ってきた宝石類で当面の間棚上げできる。

「食糧を他領から買いつける方法については後々考えましょう。おそらくこの状況では殿下の名前を使うと断られる可能性が高いです。その他の問題点については、この地に産業となるものがまったくないことがあげられます。農業に限らず、他も壊滅的では、今あるお金が底をついたらそれで終わってしまいます。農作物がダメでも、お金を稼ぐ術は見つけるべきです」

「それも考えたが、本当になにもないんだ」

「そうですね。この状況ですから旅行業も無理ですし、研究施設を作ろうにも、ここでの生活が立ち行かないので研究者を呼び寄せることもできません。農業は言わずもがな。あと海はありますが……」

「魅力的な漁場ではない。陸の近くは魚が少なく、沖に行けるだけの船がない。……作るにも材料もないしな」

草木がほとんど生えていないこの地では、木材を手に入れることも厳しいのだ。

ゆえに人々の家も、昔使った家をほとんど修繕できないまま使用しているのでボロボロで、家具などの生産工場を作ろうにも材料がないので無理だった。

問題点ばかり見ていると気分が重くなってくるので、ブランシュはリオネルの手から問題点を書いた紙を取り上げると、別の紙を差し出した。

「そこで、今後の対策です」

「……なにかあるのか？」

「はい。まず、最優先に行うべきは資金の獲得です。これが底をついたら、食糧も水も手に入らなくなってしまいます」

「だから、金を稼ぐ術は……」

「あります」

ブランシュが断言すると、リオネルは目を丸くした。

ブランシュは、渡した紙とは別に、エスポワール周辺の地図をベッドの上に広げた。

「この地は食べるものがなにもないので問題にはなりませんが、エスポワールの周辺の領地……特にこの辺りの森では、魔物の被害が急増していますよね？」

魔物とは人間以外で魔力を持った生命体のことだ。それは生命体に見えないただの水の塊のようなものから、虫のような形をしたもの、動物のような形をしたものと、非常に種類が多い。その中でも特に動物のような形をした魔物のことは魔獣と呼び、こちらは討伐後に種類によっては食肉にすることもできるので、稀に市場に並ぶことがあった。ちなみに毛皮も利用できる。

「ああ、だがそれがどうした」

他の領地問題にかまけている暇はないだろうというリオネルに、ブランシュはにっこりと微笑んだ。

「魔術が使える者はほとんど貴族です。そして貴族は、領地の端っこの村や町の人が魔物に苦しもうと、わざわざ自分たちが足を運んでどうにかしてやろうとは思いません」

魔物には物理攻撃も通用するが、圧倒的に魔術での攻撃が有効だ。

もし物理攻撃が通用したとしても、訓練を受けていない村人や町人たちでは、魔物を追い払うことはできても討伐までは厳しいだろう。

結果、彼らは必死になっても魔物を遠ざけるだけしかできず、常に魔物の脅威にさらされている。

「だからなんだ？」

「殿下は、この地の住人のことを調べましたか？」

「は？　調べたとはどういうことだ？」

「エスポワールの住人が、こんなに疲弊した大地で百五十年も生き続けることができたのはどうしてなのかと、殿下は疑問に思いませんでしたか？」

国からの食糧援助はあるが、全員に行き渡るほどではない。水も少ない。

そんな中、細々とではあるが、死に絶えることなく人々が生きてこられたのには、なんらかの秘密があるのではないかとブランシュは考えた。

そして調べたのだ。すると驚くべきことが判明した。

「ここに暮らす人々は、貴族でないのに魔力を持って生まれる人が一定数いるんです」

「なに？」

「本当なら、そういう人たちは国に申請して準男爵の地位をもらい、一代限りではありますが貴族に格上げされます。しかしここにいる人々は、貴族になることを選ばず、領民たちのためにその力を使ってきた人たちばかりなんです。だから殿下も知らなかったのかもしれませんが、各村や町に最低二、三人、多いところでは十名程度の魔術師がいます。彼らが微力ながら水を生み、生活基盤を整えてくれていたおかげで、人々は生きてこられたのだとわたしは推測しました」

「それが本当なら喜ぶべきことではあるが……だからどうした」

「殿下。お金は、目に見えないものでも稼ぐことができるんですよ。当たり前に魔術が使える王族や貴族ではなかなか思いつかないことかもしれませんけどね」

ブランシュはとんとんとエスポワールに隣接している領地の森を指した。

「魔術が使える人を集めて、エスポワールだけの魔術師団を作りましょう。その魔術師団を訓練し、魔物の討伐を行います。わたしは魔術が使えませんが、殿下は魔術の訓練を受けられてきたでしょう？　魔物の討伐の仕方もご存じのはずです。そうして、近隣の領地の村や町からお金をもらって魔物を討伐するんです。魔獣の毛皮も売れますから、一石二鳥ですよ」

リオネルはゆるゆると目を見開いた。

「まずは領民たちの信頼を勝ち取ることから始めます。食料や水をとにかく大量に仕入れて、それを配り、これらを恒久的に手に入れるために魔術が使える者は力を貸してほしいと各村や町に願い出ます。もちろんさすがに無給では集まりが悪いでしょうから、お金か、もしくはまとまった食料を渡すことで雇用する形を取ります。そして結成した魔術師団で魔物討伐をする。これがうまく回りはじめたら、少なくとも、継続的に資金を手に入れるひとつの柱が完成です。そして得られた魔獣の毛皮を加工する場を作ってもいいかもしれません。そのまま売るより加工品の方が高値で取引されます」

リオネルは唖然として、ぱちぱちと目をしばたたいている。

驚いてはいるが話は聞いてくれているようなので、ブランシュはそのまま続けた。

「食糧調達については、殿下の名前ではなく商人を使うのがいいと思います。ただ、この地で商売している人がいるかどうかは定かではありませんので、商人になり切ってくれる人たちを用意する必要があります。それらも領民の方々にお願いした方がいいですが、当面はそうですね……アンソニーさんをはじめとする使用人の方々に頼みましょう。ひとまず食料と水をありったけ買ってきてもらいます。あと、馬車なども欲しいです。馬の食料が無駄と言われるかもしれませんが、荷物の運搬に役立ちます。運搬手段がなければ、大量の食料や水を運ぶのは厳しいです」

リオネルはなおも瞬きを繰り返し、不思議そうに訊ねた。

「ブランシュ……それも大叔母から学んだのか？」

「そうです。領地が困窮した時にどう立ち回るかという課題を与えられたことがあるんです。

その時にわたしが出した答えは今とは違うものですけど、こういうものは現地の状況に応じて方法を変えるだけで、目的とするものはほぼ同じなんです」

　ブランシュはにっこりと微笑んだ。

「アンソニーさんたちを呼んできましょう。食糧調達については殿下にお任せします。なにがどれだけ必要なのかは、この一カ月半、領地の状況を調べて対策を考えてこられた殿下の方が詳しいでしょうから。なのでわたしはお金を稼ぐ方に着手します」

　ブランシュは立ち上がり、アンソニーを呼びに部屋を出ようとしたところで、思い出したように振り返った。

「そうそう、殿下。殿下は笑ったからといって、領地の状態が上向くはずがないとおっしゃいましたけどね、笑っているといいことがあるんですよ。だから少しは、肩の力を抜いて、笑った方がいいと思います」

「君は……、あ、いや、なんでもない」

　ブランシュは驚いたように目を見張るリオネルにもう一度微笑んで、アンソニーを捜して部屋を飛び出した。

四　白き狼の目覚め

ブランシュがエスポワールに来て二カ月が経った。

体調が回復したリオネルは、ブランシュの出した案の通りにエスポワール魔術師団を結成し、各地から集めた団員たちに城の庭で魔物討伐についてレクチャーしている。

今のところ集まった団員は十七名ほどだ。魔術には生活に利便性を追加する生活魔術の他に、攻撃魔術や防御魔術があるが、攻撃魔術や防御魔術は人によって得意不得意があるという。

リオネルはそのどちらも問題なく使えるそうだが、集まった団員たち全員が両方を難なく操れるわけではない。リオネルは、それぞれの個人の特性に応じて魔術を教えながら、魔物を討伐する際の注意点なども併せて説明し、より効率的な討伐方法を教えているようだ。

ブランシュはというと、リオネルに指示されたアンソニーたちが、近隣の領地から城の食糧庫をいっぱいにするだけの食糧を買い込んできたので、それを各地に配分する作業を行っていた。

最初はリオネルが担当していたのだが、領主の仕事に加えてエスポワール魔術師団の面倒を見なくてはならない彼にこれ以上仕事をさせたら、また倒れそうだと思ったからだ。

本当は一度に全部配分して回りたかったのだが、手に入れた荷馬車はひとつだけで、馬も二頭しかいないので、こつこつと回っていくしかないのである。

魔術師たちを味方につけるため、近隣の村や町にはすでに配分を終えていたが、離れた場所まではまだ行き渡っていない。

あちらから来てもらうにも、春が終わりに差しかかり、日中の気温が高くなってきはじめたので、馬車のない彼らを何日もかけて歩いてこちらに来させ、そして重たい荷物を持って帰路につかせるのはかわいそうだった。

さすがに全部の町や村に回るのは厳しいので大きい町にまとめて運び、近隣の村の住人にはそこへ取りに来てもらう方法を取っているが、それでもかなりの数の町を回らなければならない。

各地を飛び回って水や食料を配分しているからか、ブランシュはいつの間にか、各地で聖女の再来として騒がれはじめていた。

ブランシュはただオッドアイなだけで聖女でもなんでもないので心苦しいことこの上ないが、ブランシュが受け入れられるとそれだけリオネルも領主としての仕事がしやすくなるので、これについては騒がれるのに任せることにしている。

各地を回って改めて思ったが、本当にここは土地が荒れ果てすぎていた。

地面はひび割れていないところを探す方が難しいし、緑はほとんどない。たまに忘れ去られたように、乾燥に強いサボテンや木が、ぽつんと生えているくらいだ。

（お金があれば、まだ多少はやりようがあるとは思うんだけど……）

こんな荒れ果てた大地でも、短いが雨期は存在するのだ。

人々は雨期に家の外に水瓶を出して水をためるというが、そんなものではなく、水をためることができる巨大な貯水池を作れば生活の役に立つのではないかと思えた。

だが、ただ穴を掘るだけでは意味がない。

水を問題なくためておける貯水池を作るには、材料も人員もたくさん必要で、人員はともかく材料を確保するには大量の資金が必要だ。

さすがにブランシュの持ってきた宝石では足りないし、今のこの状況であれば、貯水池の造成より食料の方が優先される。

（……魔術師団が機能しはじめてお金が稼げるようになったら、他にもなにかしたいわね）

今は食料や水の買いつけしかしていないが、どうせならこちらからもなにか提供してお金を得たい。そのうちのひとつは魔獣の毛皮の加工品にする予定だが、もっと他のものにも視野を広げたかった。

ブランシュは食糧庫で明日運ぶ出す分の選り分け作業を終えると、ダイニングへ向かった。

そろそろ昼食の時間だからだ。

ダイニングに到着すると、そこにはすでにリオネルの姿があった。

リオネルは目を離すといまだに食事の時間も寝る間も惜しんで仕事をしようとするので、毎日三度の食事は必ずダイニングで取ることを約束させたのだ。

ついでに報連相の場にも利用すれば、仕事人間のリオネルも少しは〝休む〟ことへの罪悪感をなくすだろうと、お互いの報告の場所にもしている。

三食きちんと食べて、休むようになったからか、リオネルは以前よりも穏やかな表情をするようになった。眉間に刻まれていた皺も、最近ではほとんど見ない。

「食料が手に入ったので、このあたりで少し加工にも着手したいなと思っているんですよね。お酒とか、ジャムとか？　領内で消費するのはもちろんですけど、原料を仕入れて加工して外に売れれば、お金になりますからね。雇用促進にもなりますし」

ベーコンポテトを口に運びながら、ブランシュは頭の中にある構想を口にした。

食料は手に入るようになったが、どうしても日持ちするものばかりになるので、生鮮野菜はすごく少ない。仕入れる食料も穀物がメインだ。あとは塩漬け肉や燻製肉などだろうか。

「雇用か……確かにその方面は、追い追い着手が必要だろうとは思っていた」

エスポワールの人々は日々の生活に追われているし、働きたくても働く場所もないので、仕事を持っている人は極めて少ない。

しかし、領地の中が回りはじめたら、雇用は重要な問題になってくる。

領民たちが働く場所というのも確保を急がなくてはならない。

理想は、住人たちが会社なり工場なりを作って雇用を生み出してくれることだが、現状すぐに領内が回りはじめるとは思っていない。

まずは地盤を整える。それは領主にしかできない仕事だ。……まあ、一からこんなことを考えなければならない領地は、他に例を見ないだろうが。

「以前から少し思ってはいたんだが、海水を活用して塩が作れないだろうか。海岸沿いに塩田を作るなりすればどうだろう。今は自分たちが使う塩を細々と作っているだけのようだが、作り方は知っているだろうし」

「なるほど、それはいいですね！」

ブランシュは手を叩いた。

作物を一から育てたり加工工場を作ったりするのは時間がかかるけれど、すでに自分たちの使う塩を作っているのであれば、少し手を加えるだけですぐに着手可能だろう。

「海はなくなりませんから、他領と塩の取引ができれば、継続的な産業になると思います！」

ブランシュが笑うと、リオネルがどこか恥ずかしそうに目元を染めて、少しだけ口元をほころばせた。

「俺もそう思う。……ただ、塩を作るのは重労働だからな。まずは領民に充分に食べるものを供給し、働くだけの体力をつけさせるのが重要だ」

「そうですね」

働けばお腹がすく。しかしお腹がすいても食べるものがない。だから人は動かない。

この堂々巡りの悪循環を断たなければ、雇用を生んでも労働力はなかなか集まらない。

「市場に食料が並ぶようになれば、お金を稼ぐ方にも目が向くとは思いますけど」

今は食料を買える場所がほとんどないので、領民たちはお金に魅力を感じていないのだ。

だって、お金は食べられない。

（やはり加工品の着手は急ぐべきではないかしら？）

食料品に加えて、お菓子などの嗜好品を販売している店があれば、人々の働くことへのモチベーションにもなるだろう。

「塩田と食料品、それから魔獣の毛皮を加工する工場を作る場所を探したいですね。できるなら同じ場所か、行き来のしやすいところがいいです」

人が集まれば自然とその場所はにぎわう。にぎわいはじめると、今度はそこに集まり住み着いた人々が、自然と自分たちで産業を興す。

するとさらに雇用が生まれ、経済が回り、活性化する。

どこか一カ所でもそのような場所があるだけで、領地の状況はだいぶ変わってくるはずだ。

「魔術師団の様子はどうです？」

「ああ。来週には実際に魔物討伐に行ってこようと思う。アンソニーに募集をかけさせたところ、いくつか依頼があったようだからな」

リオネルは少しずつ人を頼って動かすということを覚えてきた。リオネルは、ここに最初からいたアンソニーとロバータが一番信用できるようだ。

今ではアンソニーは執事でありながらリオネルの側近のように動き回っている。そしてアンソニーが他の使用人を使うから仕事もうまく回せている。

アンソニーとロバータの呼びかけで、使用人も今では二十二人になった。領主の補佐役などを考えるともっと増やしていい。そのうち使用人の中の適性を見て、城の細々したことを頼む使用人と領主の補佐役で仕事を完全に分離させてもいいと思う。

「最初の討伐には殿下もついていくんでしたっけ？」

「そうだな。実戦経験がないんだ、突発的な事態には対応できないだろう。みんなが慣れるまでは俺も行く」

「じゃあ、塩田とかを作る場所を視察するのは、来週以降がいいですね」

「そうしてもらえると助かる」

「了解です。場所の候補はこちらで見繕っておきます」

ブランシュはロバータを呼んで、塩田や加工工場を作るのに適している場所はどこか、城の使用人たちの意見をまとめておいてほしいと頼んだ。

こちらに来て二カ月のブランシュより、現地の人の方が圧倒的に地理に詳しいからだ。

その後はリオネルから魔術師団の様子を聞きながら食事を続け、彼が時折見せる笑顔にホッとする。

ここ最近のブランシュの日常は、毎日こんな感じだった。

「リオネル殿下は最近よく笑うようになったと思わない？」

夜、メーベルが湯の準備をするのを見やりながらブランシュは訊ねた。

水不足が深刻なエスポワールでは、潤沢に湯を張った浴室は使わない。

この部屋には続き部屋にバスルームがあるので、以前は入浴のために自由に使えるだけの水があったのだろうが、今では体を拭くためのお湯を使うのも申し訳ないくらいだ。

お湯を沸かすには薪がいるが、薪もよそから仕入れなければ手に入らない有様なので、無駄遣いはできないのである。

それでもメーベルやロバータたちは、エスポワールの住人のために宝石類を提供したブランシュには許されるだけの贅沢をしてほしいと考えているようで、なにかと準備をしようとしてくれるのだが、さすがに飲み水に困る人がいる領地でお風呂には入れない。

ゆえにバスルームに髪が洗えて体が拭けるだけのお湯を用意してもらって、二日に一度ほどの頻度で体を清めさせてもらっていた。

ちなみに、過労で倒れた後しばらくの間、リオネルは夫婦の寝室のベッドを使っていたが、体調が回復した現在は別の部屋を使っている。

さすがに同じ部屋では眠れないと、彼自ら他の部屋を準備させたのだ。

夫婦が同じ部屋で休むことになんの問題があるのかは知らないが、思い出す限り夫婦間の親密さとは皆無の自分たちである。寝室を別にしてもらった方が、気分的に楽なのは確かだ。

彼と同じベッドで眠れと言われるとさすがに緊張する。

ここに嫁いだ初日には覚悟ができていたが、どうしてだろう、今はその覚悟が行方不明になっている気がする。絶対おろおろしてしまうと思うのだ。

「そうですね。大笑いはされませんけど、よくにこっとされるようになったと思います！」

「それってつまりは、少しはリラックスできてるってことよね」

「はい！　奥様とおしゃべりする時間が取れたからでしょうね！」

にこにことメーベルが言う。ブランシュは少し赤くなった。

「そ、それはちょっと、違うと思うけど……」

リオネルがリラックスして見えるのは、食糧問題に余裕が生まれたからだ。

目先のことだけでもなんとかなっていると心の余裕に繋がる。

対策を練る時間も生まれたし、多少なりとも前進しているのが見て取れるので、それが彼の心を安心させるのだ。ブランシュと話す時間があるからではない。

「そうですか？　旦那様は、奥様といる時が一番優しい顔をしていますよ」

「そ、そう？」

「ええ。みんな言ってます」

「み、みんな?」

「はい、みんなです。奥様と旦那様が仲良くなってよかったねって話してます」

（そんな話をしているの⁉）

それはちょっと恥ずかしい。

嫁いできた初日から寝室をともにせず、リオネルが倒れるまでは顔を合わせてもろくに話もしない関係だったので、彼らに心配をかけていたのだろうとは思うけれど、さすがに面と向かって『仲良くなった』と言われると照れてしまう。

リオネルとの間に夫婦間の親密さはないと思っていたけれど、周囲はそう感じていないのかもしれない。

（そりゃ、まあ……仲は悪くないとは思うわよ?）

ふと、魔術師団の団員に訓練をつけている時のリオネルを思い出した。

キリリと真剣な顔をして団員に指導しているリオネルだが、ブランシュが様子を見に行くとふっと表情を緩めてくれて、その時の肩の力が抜けたような彼の微笑みがブランシュは結構好きだったりする。

（気を許してくれている感じがして嬉し……って、違う違う、だからそうじゃないのよ!）

ブランシュはうっかり口元に浮かびそうになった笑みを慌てて消し去った。

リオネルとブランシュは、いわば同志のような関係だ。力を合わせてこの地をよくしていこうと思っている。だけど、そういう〝仲〟なのであって、恋人同士のような関係ではないのだ。

……なんだか自分に言い訳している気がしてきたのはなぜだろう。

準備ができたバスルームでブランシュは丁寧に髪を洗い、体を拭いた。

メーベルによると、あともう少ししたら雨期が来て、その時になれば今よりも潤沢に水が使えるようになるそうだ。

雨期の時期だけ現れる川もあり、人々はそこで水浴びをしたりするのだという。

（雨期か……。雨期になると、人々の生活も少しは楽になるのかしらね）

枯れ果てた大地にも、雨期から夏の終わりにかけては草が生えてくるらしい。

その短い期間なら、栽培から収穫までが短い葉野菜なら少しは育てることもできるようだ。

ブランシュは、風が吹けば土埃の立つ茶色い大地に緑が溢れる姿を想像して、顔をほころばせた。

☆

最初の魔物討伐は結果だけ見れば大成功だった。

たくさんの魔物を討伐し、謝礼金もたくさんもらって、さらには毛皮が利用できる魔獣もたくさん狩ることができた。

持って帰ってもなんの役にも立たない魔物はその場で埋めて処分し、皮や角などが利用できる魔獣はその場で解体して使える部分だけ持ち帰られた。

魔獣の皮の加工工場はまだできていないが、ロバータの声かけで、近隣の町や村からご婦人方が集まり、城の中で加工することにしている。

魔獣の中には肉を食べられるものもあって、それらは腐らないように魔術で凍結させて持ち帰ってきたので、久しぶりに見る塩漬け肉以外の肉に、集まったご婦人方は大興奮だった。

毛皮よりも肉に意識が向いて仕方がなかったので、魔術師団へのねぎらいもかねて、城の庭で焼き肉パーティーを開催することになった。

余った肉は塩漬けにした後で、近くの村や町にも分配する予定だ。

「浮かない顔をしていますね」

魔術師団や使用人たちが庭でわいわい騒いでいるのを尻目に、リオネルがどこかぼんやりとした顔で座っていたので話しかければ、彼は「ああ」と微苦笑を浮かべた。

「これから討伐に向かう場所の順番を考えていた。……予想外に反響があって、依頼が殺到しているんだ」

魔物の存在に頭を悩ませていた近隣の領地の村や町の住人の間では、早くもエスポワール魔術師団の存在に沸いていて、想定以上に依頼が殺到しているという。

しかし移動手段が荷馬車ひとつしかない現状では、移動は基本徒歩になるので、遠いところへ向かうのは少々厳しい。

かといって、依頼が来たのに対応せずにいると評判がガタ落ちになる。魔術師団の団員の数も限られているので、団員の安全を考えると、分散できても二カ所までなのだそうだ。

「維持費はかかりますけど、最低でも魔術師団員の頭数分は馬を手に入れた方がいいでしょうね」

「……そうだな。ただ、人が食うに困っている状態で、多くの馬を仕入れたとなると、領民から反感を買わないだろうか」

「魔術師団が機能しなくなったら食料を買うことも厳しくなると説明すれば、わかってくれるんじゃないでしょうか？」

リオネルは考え込むように顎に手を当てて、「そうだな」と頷く。

「アンソニーに相談してみよう。アンソニーなら領民の気持ちを考えながら意見を出してくれるかもしれない」

「わたしもそれがいいと思います」

一度にたくさんの馬を仕入れられなくても、最低でも数頭は欲しいところだ。

領民の感情を刺激しない程度がどのくらいなのかは、アンソニーの意見を参考に計算すればいい。

「よし、後で話をしておくよ」

リオネルの口から、誰かに相談するという言葉が出てきたのがブランシュはちょっと嬉しかった。なんでも自分ひとりで抱え込んで決定を下していた彼が人を頼れるようになったのは本当にいいことだ。

リオネルは幾分かすっきりした顔になって、手をつけていなかった目の前の皿に手を伸ばした。

「……知らなかったが、魔獣の肉はなかなかうまいな」

「そうですね、わたしも知りませんでしたけど……この、ブラックラビットのお肉はとっても美味しいです」

「こっちのなんとかシープというのもうまいぞ」

「レッドシープじゃなかったですっけ？」

「そうだった、そんな名前だったな。毛皮……というより、毛から上質なウールが取れるとロバータが喜んでいた気がする。綺麗な赤色で、高く売れるらしいぞ」

「それはいいことですね！」

王都にいると、魔獣の肉を食べる機会など皆無と言っていい。

貴族は魔物の肉を「野蛮」と言って嫌うからだ。

地方に行くと討伐した魔獣を食べるところはあるが、魔術が使えない人々には魔獣を討伐するのは厳しいので、逆に高値がつくという。

ところ変われば野蛮と嫌厭《けんえん》されているものが高級品になるのだ。おもしろいものだと思う。

なんとなく並んで座って、ロバータたちが運んできてくれる肉を食べていると、リオネルがふっと笑った。

「エスポワールの領民は、日々の生活にも困窮し絶望し苦しみ続けていたというのに、あんな風に笑って騒ぐ元気があるんだ。強いと思わないか。百五十年だぞ。百五十年も国から見捨てられてきたというのに、どこにそんな力があるんだろう」

騒いで、笑って、中には踊り出している人もいる。

宴会だからこんなものだろうと思ったが、リオネルの言う通り、彼らのこれまでの生活を想像すると、笑って騒いでいる彼らの姿は奇跡に近いのではないかと思えてきた。

百五十年——彼らの祖父母や曽祖父母の時代からだ。

ブランシュには想像もできないほどに長い時間である。

苦しみながら生きてきて、それでも笑う力を失わなかった彼らは、強い。

「笑っていれば、いいことがあるんですよ。彼らはそれを知っているんだと思います」

「お前は前もそう言っていたな」

「おばあ様の口癖だったんです。幸福は笑顔のもとに集まるんだそうですよ」

「……ああ。俺も、大叔母から聞いたことがある。そんなこと、つい最近まで忘れていたがな」

リオネルはブランシュに視線を向けて、綺麗な紫色の双眸を柔らかく細めた。

「笑顔、か。……確かにお前の笑顔は、見ていると幸福になれる気がするな」

「え……？」

目を丸く見開いたブランシュからさっと視線を逸らして、リオネルが立ち上がる。

「肉ばかりで野菜が欲しくなった。あっちのジャガイモを取ってくる」

そう言って、どこか慌てたように足早に歩いていくリオネルの耳は、ほんのりと赤く染まっていた。

☆

魔術師団が帰ってきて二日後、ブランシュとリオネルは、塩田と工場の候補地の視察に出発した。

歩いていくには遠いので、荷馬車を足代わりに使用する。

王子とその妻が荷馬車に乗って移動というのは、ちょっと滑稽な感じがするが、エスポワールにそれを笑う人はいない。

御者台に座っているのはアンソニーだ。今から行く場所にはアンソニーの従兄弟が住んでいるという。馬車を使えば、片道三時間半ほどで到着するそうだ。

日中は気温が高くなるので、朝早くに出発したが、到着する頃には荷台に乗っているだけなのに汗をかくほどだった。

「この場所でも育つ木や草があるといいですね。なにもないからか、日中の気温が高いです。夏本番になったらどうなるか、想像するだけでゾッとします」

「海が近いからこの辺りはまだ湿度が高いし、東の方と比べると、そこまで干上がっていないような気もするんだが、どうして植物がほとんど育たないんだろうな」

リオネルの言う通り、沿岸部では多少なりとも植物は育つはずである。それなのにほとんど緑がないのは異常だった。

「書庫の本で読みましたけど、昔はこの辺りにはヤシ科の植物がたくさん自生していたらしいですよ」

「その通りですよ。私も祖父から伝え聞いただけですけどね、この辺りはとても綺麗なところだったんだそうです」

御者台からアンソニーが答えた。

「でも、聖獣の加護がなくなって、見る見るうちに枯れ果ててしまったそうです」

「聖女がいなくなったから聖獣が眠りについたんだったわね」

「ええそうです。聖獣は怒って眠りについたと聞きました」

「怒って……？」

どういうことだろうと首をひねり、ブランシュはリオネルを見た。彼も首を横に振る。書庫の本を全部読んだわけではないが、そのような記述のあったものはなかった気がする。

アンソニーは村の入り口で荷馬車を停めた。

「祖父から聞いた昔話ですけどね。この地は聖獣の住まう地でした。聖獣は初代聖女を愛していて、彼女の子孫を代々大切に守ってきました。けれども百五十年前、時の権力者が当時の聖女を無理やり連れ去ろうとし、それを拒んだ彼女を殺してしまったのです。聖獣は怒り嘆き、深い眠りについてしまいました。以来この地は、聖獣に見捨てられた絶望の地になってしまったのです。……とまあ、こんな話です」

「知らなかった……」

リオネルが呟くと、アンソニーが苦笑した。

「王族の皆様にとっては不名誉な話です。不敬罪で捕らえられることを恐れて、そのようなことは誰も記録に残しません。あのお城も、聖女様が住まわれていたお城ですが、聖女様亡き後、王族が没収なさいましたので。とはいえ、この地が枯れ果ててしまったので、すぐに打ち捨てられましたけどね。……ああ、安心してください。こんな昔話はありますが、だからといって旦那様を恨むような人間はいませんよ。旦那様がどれだけこの地のために頑張ってくださっているか、この地の民はよくわかっています」

アンソニーが荷馬車から馬をはずして、「行きましょう」と促した。

馬をこのまま残していると、下手をすれば殺して肉にされてしまうかもしれないので、馬だけはこのまま町の中に連れていくのだそうだ。

リオネルとブランシュは荷台から降りて、アンソニーの後をついて歩きだす。移動中はともかく、領主夫妻が荷馬車に乗ったまま町中に入るのはさすがに体裁が悪いからだ。

ふと見上げると、リオネルが浮かない顔をしていたので、ブランシュはそっと彼の手を取った。

リオネルがびっくりしたように目を丸くする。

「アンソニーも言っていましたけど、昔の権力者の罪を殿下に擦りつけようとする人はいませんよ。アンソニーだって、殿下ならば昔話をしても怒りだしたりしないと思ったから教えてくれたんじゃないですか?」

アンソニーも言ったが、彼の語った昔話は王族にとって不名誉な話だ。それを王族であるリオネルに語って聞かせたということは、リオネルならば大丈夫だと信頼しているからに他ならない。

リオネルが浮かない顔をしているとアンソニーが気に病むので、思い詰めないでほしいとブランシュは思った。

「そう、だな……」

リオネルは小さく笑って、ブランシュの手をきゅっと握り返した。

（あ……手、どうしよう……）

元気づけるために手を取ったが、握り返されて、手を離す機会を見失ってしまった。

無理に振りほどくのもおかしいが、このまま手を繋いで歩くのも変ではないだろうか。

というより、手を繋いでいるからだろうか、鼓動が少し速くなってきた。手のひら越しに速い鼓動が伝わらないだろうかと、意味もわからず心配になる。

「海も近いですし、この町は比較的人口も多いですから、塩田を作るのにはいいと思います。ずっと昔は漁師の町だったんですけど、聖獣のご加護がなくなったからなのか、この辺りではめっきり魚が取れなくなってしまって、これといった仕事もありませんからね。まあ、仕事がないのはどこも同じと言えば同じなんですけど……」

アンソニーが歩きながら言った。

「皮の鞣《なめ》し工場にも適しているだろうな。保存のために皮を一度塩漬けにするのがいいと聞く」

ブランシュはドキドキしているのに、リオネルが平然としているのが釈然としなかった。

「ここに塩田を作るのであれば、私の従兄弟を使ってください。この町の住人に顔が利きますし、仕事があればしたいと言っていましたから」

「それは助かる」

アンソニーに連れられて、ブランシュたちは彼の従兄弟の家を訪ねた。

修繕が行き届いていないのであちらこちらが壊れたり破れたりしているが、大きな家だった。

もともとはこの町の顔役かなにかだったのだろう。今もそうかもしれない。

アンソニーの従兄弟の家に到着すると、リオネルはようやくブランシュの手を離してくれた。彼に繋がれていた手をそっと心臓の上にあてて、ホッと息をつく。けっして嫌ではなかったが、心臓に悪い。

塩田の話をすると、アンソニーの従兄弟はとても乗り気で、町から希望者を募ってくれると言った。

ひとまず彼に任せてみようということになって、ついでにもう少し町や周辺を見て回ってから帰ろうと考えていると、アンソニーが思い出したように手を叩いた。

「ここから少し歩いたところにある丘の上に、神殿があるんですよ。すっかり壊れかけて、神殿跡地と言った方がいいような状態ですけどね」

「神殿？　もしかして、聖獣を祀っている神殿か？」

「ええそうです。よかったら見に行かれてはいかがでしょう。……奥様がいらっしゃれば、お眠りになっている聖獣も喜ぶかもしれません」

ちらりとアンソニーがブランシュの左右の色の違う瞳を見た。なにか期待していそうな顔をしていて、ブランシュはいたたまれなくなってくる。

ブランシュが訪れたところで、聖獣が目覚めるはずはないのに、それを期待しているような顔だった。

（……でも、行かないって言ったらがっかりするんでしょうね）

行っても行かなくてもがっかりさせることになる気がするが、せっかくだ、この地に残る聖獣伝説についてなにか新しい情報が得られるかもしれない。

「行くか？」

リオネルが遠慮がちに訊ねた。リオネルもブランシュに過度な期待が寄せられていることをわかって心配してくれているのだろう。

ブランシュは頷いた。

「そうですね。眠りについている聖獣に、挨拶をしていきましょう」

神殿を見に行っている間の馬の世話をアンソニーに任せて、ブランシュとリオネルは町から北に少し歩いた場所にある丘へ向かっていた。

いってらっしゃいと笑顔で見送ってくれたアンソニーとその従兄弟の姿を思い出して、ブランシュはちょっとおかしくなる。

（王子と元公爵令嬢が、護衛もなしにふらふらと出かけられるって……ここって、食べるものがなくてすっごく困窮しているのに、人の心はとっても平和なんじゃないかしら）

リオネルやブランシュがふらふらと歩き回っても見咎める者は誰もいない。護衛がいなくて当たり前。なんだかとても自由を感じる。

「潮風が気持ちいいな。……暑いには暑いが」

遮るものがなにもない大地を歩きながら、リオネルが西から吹いてくる風に目を細めた。

生ぬるい風だが、吹くと吹かないのとでは体感温度がかなり違う。

汗だくになって水の入ったボトルを仰ぐように飲んでいると、「貸してみろ」とリオネルが手を差し出した。喉が渇いたのだろうかと思ってボトルを渡せば、彼が魔術でボトルに入った水を冷やしてから返してくれる。

「冷たくて美味しいです！」

「それはよかった。王都にいるとほとんど魔術なんて使うことはないし、大した使い道もないと思っていたが、ここに来て初めて使えてよかったと思ったよ。……あ、いや」

「気にしないでください。別に魔術が使えないからって、ずっとそうだったので不便に感じませんし」

使えたら便利だろうなと思ったことはあるけれど、ブランシュにとって魔術とはその程度のものだ。魔術が使える使えないで優劣を決めるのは馬鹿げている。

昔は魔術が使えない自分を嘆いたこともあるけれど、公爵家から出られたからか、今はなにも気にならない。祖母も、人の豊かさは魔術が使えるか否かで決まるわけではないと言っていたし。

冷たい水に元気をもらって歩き続けると、前方に背丈の短い草が生えそろった丘が見えてきた。

（不思議……他の場所には草なんてほとんど生えていないのに、あそこだけ草が密集しているなんて）

草で覆われた緑色の丘の上に、白い大きな柱で支えられた四角い建物が建っていた。

飾り気はほとんどないが、町で見かけた壊れかけの民家とは違って、綺麗なまま残っている。

ただ、人々の訪れが少ないのか、あまり掃除がされないのか、白い柱や壁の汚れは目立っていたけれど。

神殿の中に入ると、白い石壁で囲まれた中はひんやりと涼しかった。

入り口に扉がなかったから風が吹き込むのだろう、床は土だらけだ。

「ブランシュ、奥になにかあるぞ」

足元を確かめながら進んでいたブランシュは、リオネルに言われて顔を上げた。

神殿の奥には、真っ白な石像があった。

巨大な狼の石像だ。体長は二メートルを優に超えているだろう。

「聖獣を象ったものだろうか……」

「そうかもしれないですね」

ここは聖獣のための神殿だ。ならば、そう考えるのが一番しっくりくる。

近付いていくと、石像はびっくりするほど緻密に作られたものだった。今にも動きだしそうなほどのリアリティだ。だが、こちらも砂埃にまみれて汚れている。

「こんなに汚れて……かわいそうですね」

日々の生活もままならない人々に、神殿を綺麗に清め、保つ余裕はないだろう。

ブランシュがハンカチを取り出して、狼の顔についた土埃をそっと払った。

――その時だ。

「ブランシュ！」

リオネルが叫んで、ブランシュを引き寄せる。ブランシュは思わずハンカチを取り落とした。

「……石像が」

突如として、目の前の石像がまばゆく光り輝いたのだ。

どこかで、ドオォォン、と激しい雷鳴がとどろき、神殿の天井に、大地に、叩きつけるような雨が降りはじめた。

まさか雨期に突入したのだろうかと思って神殿の出入り口を振り返ると、さっきまで明るかった空が真っ暗になっている。

「これはいったい……」

いくらなんでもおかしいと、リオネルが掠れた声で呟いた時だった。

ふわあ、と誰かのあくびのような声がした。

ハッとしてリオネルともども振り返ったブランシュは、瞠目して息を呑んだ。

土埃にまみれていた白い狼の石像が、大きな口を開けてあくびをしているのだ。

まばゆく輝いていた名残だろうか、石像の表面――いや、白いふわふわした毛がキラキラと光を放っている。

「な――」

リオネルが声を失い、ブランシュを抱きしめる腕に力を込めて固まった。

五　自覚する恋心とリオネルの危機

神殿には、叩きつけるような雨の音が響いていた。

雷鳴はあれ以来聞こえてこないが、相変わらず空は真っ暗だ。

けれども神殿の中はキラキラと輝く目の前の石像——いや、もはや石像ではなくなった狼によって、とても明るかった。

「で、で、殿下……石像が動いています」

「ああ……俺にもそう見える」

ブランシュとリオネルは抱きしめ合ったまま、あくびをして、後ろ足で首のあたりをかいている狼を見やった。

それにしても大きい。あの巨大な石像そのままの大きさなのだから当然だが、あんな大きな狼に襲いかかられては、ブランシュどころかリオネルでもひとたまりもないのではなかろうか。

ごくりと固唾を飲んで、石像もとい狼がどのような行動に出るのかをブランシュは見守った。

なにがどうなっているのかさっぱりわからない。魔術でも説明がつかない出来事だ。

（いきなり雨も降りはじめたし……）

石像が動きだしたせいで雨が降ったのか、雨が降ったから石像が動きだしたのか、どちらに起因する現象なのかはわからなかったが、このふたつにはなにかしらの因果関係があると考えていいかもしれない。

狼は首をしきりにかいた後で、ぺろぺろとお腹のあたりを舐めて、そして顔を上げた。

狼は、右目が青、左目が緑のオッドアイだった。毛並みは真っ白でふわふわだ。

大きな目に、きゅっと口角の上がった口元は、かわいらしくはあるけれど、犬と狼はさすがに同一視できない。

いつ襲われるかわからず、ブランシュはリオネルと一歩後ろに下がった。

リオネルがブランシュを守るように前方に回り込む。

狼はひたとブランシュを見つめて、大きな口をくわっと開いた。

「聖女か」

「「…………」」

ブランシュはリオネルと顔を見合わせた。

首を横に振ると、リオネルも同じように首を横に振る。

今声が聞こえた気がしたが、リオネルでもブランシュでもなかったら、どこから響いた声だろうか。

（まさか狼がしゃべったわけではないわよね？）

「聖女」

もう一度声がした。

ブランシュは現実逃避したくなったが、さすがに二度同じ声がすれば、その声が目の前の狼から発せられたのは事実として理解せざるを得なかった。

聖女と言うからには性別は女であって、ここにはリオネルとブランシュしかいないので、狼の呼びかけはブランシュに向けてのものであろうと推測できる。

「……ブランシュですよ」

恐る恐る狼に向かって答えると、狼は嬉しそうな顔をした。

「ブランシュか！　生まれ変わった聖女は素敵な名前をしている！　これは運命だな！」

（生まれ変わった聖女？　運命？　どういうこと？）

わけがわからないが、ひとまずこの狼が人語を理解していて意思疎通が図れることはわかった。突然襲いかかられて捕食される危険からは一歩遠ざかったと見ていいだろう。

狼はのしのしと歩いてきて、それからムッと目をすがめた。

「おい、オレの許可なくなにくっついていやがる」

じろりと睨まれて、リオネルが背中にかばっているブランシュをちらりと振り返る。まだ警戒しているようだが、それ以上に戸惑った表情をしていた。

狼はその隙にリオネルに軽い体当たりを食らわせて、ブランシュを守るように立ちはだかった。

狼にとっては軽い体当たりのつもりでも、巨体にぶつかられたリオネルはひとたまりもなかったようで、驚いた顔のままその場にしりもちをついている。

「聖女、あの男はなんだ。敵か？　食い殺すか？」

ブランシュはギョッとした。

「て、敵じゃないわ！　殺しちゃダメ‼」

「だが、こいつは……」

「この人はここの領主様で、ええっと、その、わたしの夫よ！」

狼とリオネルの間に身を滑り込ませて両手を広げれば、狼がこれでもかというほど目を見開いた。……しゃべることといい、瞠目することといい、器用な狼である。

「夫⁉　これが⁉」

（どうでもいいけど、殿下に対してなんか手厳しいわね。知らない間に殿下がなにかしたのかしら？）

不思議に思っていると、茫然としていたリオネルが起き上がって、狼と一定の距離を保ちながら、恐る恐る訊ねた。

「……もしかしなくても、聖獣なのか？」

「いかにも」

ブランシュもなんとなくそんな気はしていたが、狼が至極当然の顔をして頷いたのにはさすがにちょっと驚く。

聖獣は先ほどとは少し違うぶすっとした顔で、なおもリオネルを睨んだ。

「オレはブランだ。……聖女、いやブランシュ、本当にこれがお前の夫か？」

聖獣はブランというらしい。

ブランとブランシュ。ともに〝白〟という意味の名前にこんな偶然があるだろうかと驚くも、先ほどブランが『運命』という言葉を使った意味が少しわかった気がした。確かにこんな偶然の一致は運命的だと思う。

「そうよ、わたしたちは夫婦よ。……それでその、ブラン？　聖女ってどういうことなのかしら？」

石像が生きた狼になったのだ。こんな奇跡を起こすくらいだから彼が聖獣というのは間違いではないだろうが、ブランシュが聖女と呼ばれる意味がわからない。

「聖女は聖女だ。匂いでわかる」

ブランはブランシュに鼻先をくっつけてくんくんと動かした。

「オレは聖女が戻ってくるって信じていた。いつか必ず生まれ変わってオレのもとに来るってな。そしてお前が来た。お前は聖女だ」

甘えたようなそのしぐさがかわいらしくて、ブランシュが遠慮がちにブランの頭を撫でると、彼は気持ちよさそうに双眸を細める。

「でも、わたしに魔力なんてないわ」

「当たり前だ。聖女に魔力があるはずない。聖女にあるのは聖力で、魔力じゃない」

「聖力って？」

「秘密だ。そのうち自然とわかる、と思う」

ブランの言っていることはわかるようでわからなかったが、彼が聖獣というのは間違いなさそうだし、どうやら彼に言わせればブランシュは聖女らしい。

戸惑いつつもリオネルを見やれば、彼もまた困惑していた。

「ええっと、これからどうします？」

「彼が聖獣なら、ブランシュと一緒に来る気じゃないのか？」

「当然だ」

ブランがふんと鼻を鳴らす。ついてくる気満々だが、彼を連れて歩けばそれを見た人々が混乱しないだろうか。

（かといって、ここに独りぼっちで放置は……かわいそうだし）

さてどうしたものかとブランシュが考え込んだ時、土砂降りの雨音に交じって「旦那様ぁ、奥様ぁ！」という声が聞こえてきた。

神殿の出入り口を見れば、穴だらけの傘を差したアンソニーがびしょ濡れになりながら神殿に駆け込んできたところだった。

「奥様！　旦那様！　大丈夫で……」

そこで、アンソニーは言葉を止めた。目玉が落っこちそうなほど大きく目を見開いて、ブランシュにべったりくっついているブランを見ている。

そして、やおらその場にぺたんと座り込んだ。……腰を抜かした、が正解かもしれないが。

「あ、あ、あ……」

震える指でブランを指さしたアンソニーに、ブランシュは慌てた。

「アンソニー、落ち着いて！　彼は狼に見えるけど人を襲ったりしないわ！　ええっと、聖獣なんですって！」

「ま、待てブランシュ、その言い方は多分刺激が強すぎ——」

リオネルが止めに入ったが遅かった。

アンソニーは突如「うわああああああああ‼」と大声で叫んだかと思うと、滂沱《ぼうだ》の涙を流しながら、その場にひれ伏してしまった。

「お、お恥ずかしいところをお見せいたしました………」

しばらくして正気に戻ったアンソニーが、頬にくっきり残った涙の跡を拭いながら、恥ずかしそうに目を伏せた。

びしょ濡れの姿で土だらけの床にひれ伏したせいで、彼の着衣や髪は泥だらけだ。

しかしアンソニーは、雨に打たれていれば綺麗になると言って気にする様子はない。

「突然空が暗くなって雨が降りはじめたので、お迎えに来たのです。……綺麗な傘はありませんが、まだましなものを持ってきました」

そう言って差し出された傘も穴だらけだった。それでもまだアンソニーが使っていた傘よりは幾分かましである。

(物資がないから傘もろくに作れないのね……)

そして雨期以外にはほとんど雨が降らないから、傘の需要は高くないのだろう。

「ありがとう。ええっと、急で驚いたけど、雨期に入ったのかしら?」

まだ真っ暗な外を見やりながら訊ねると、アンソニーは首を横に振った。

「まさか!　いくら雨期でも、こんな風に雨が降ることはありませんよ。だからびっくりしたんですが、納得しました。聖獣様がお目覚めになったから雨が降ったのですね」

「え、そうなの?」

ブランシュがブランを見やれば、彼はふふんと鼻を鳴らす。彼の仕業で間違いないらしい。

(確かに雨は嬉しいけど……これは降りすぎじゃないかしら?)

乾いた大地にはこれ以上ないほどの恵みだが、降るなら降るでもう少し優しく降ってほしい。

でも、雨のおかげでアンソニーが来てくれて助かった。

　これからブランの存在をどうするか、現地人であるアンソニーの意見があると助かるからだ。

　ブランをここに残すか連れていくかを訊ねると、アンソニーは連れて帰るべきだと即答した。

「聖獣様がお目覚めになったならば、この地は再び恵みのある大地に戻るでしょう。この雨がその証拠です。聖獣様は聖女様と行動をともにされますので、ご一緒に城に戻られた方がいいと思います」

「そういうことだ」

　アンソニーの意見に、ブランがドヤ顔で頷いた。

「……みんなが驚かないならそれでもいいんだけど」

「驚きはするでしょうが、奥様はすでに聖女様の再来だと騒がれていましたので、逆に納得するかと思います」

「そういうものかしら？」

　いきなり巨大な狼を連れ帰ったら、みんながひっくり返りやしないかと心配になるが、アンソニーがそう言うなら大丈夫なのだろうか。

（まあ、ブランはついてくる気満々みたいだし、置いて帰ると怒るわよね？）

　というより、強引にくっついてくる可能性の方が高いか。それならば連れて帰っても一緒だ。

　ブランがもう少ししたら雨がやむと言うので、それを待って、ブランシュはリオネルたちとともに彼を連れて荷馬車を置いたままの沿岸部の町に戻ることにした。

（さっきまで空は真っ暗だったのに、また一瞬で青空だわ。……聖獣ってすごいわね）

大雨のせいで地面は濡れて、場所によっては池のように水がたまっているところもある。

雨が空気中の汚れまで洗い流したのか、外の空気は湿り気を帯びているが澄んでいて気持ちがよかった。

町に戻れば、恵みの雨に興奮した人々が道端で騒いでいたが、ブランシュたちがブランを連れて戻ってきたのを見て、喧騒に包まれていた町中がいっせいに静まりかえる。

だが、アンソニーが「聖獣様だ！」と声をあげた瞬間、町中はまるで大量の火薬を爆発させたかのような大きな歓声に包まれた。

ブランが満足そうな顔をして、町の中をのしのしと歩いていく。

ブランシュはリオネルと顔を見合わせて、それから、どちらからともなく吹き出した。

☆

聖獣ブラン復活の噂は、瞬く間に領内全土にとどろいた。

皆驚いていたが、心配していたほどの混乱はなく、聖獣復活の朗報に沸きに沸いたという感じだ。

ブランの目覚めとともに降り注いだ雨が大地を潤し、驚くべきことに、次の日にはひび割れていた地面に小さな草が芽吹きはじめた。

一週間が過ぎる頃には色鮮やかな新芽が大地を覆いつくし、干からびていた川が復活し、海には魚が戻ってきたという。

奇跡という言葉以外なにも思いつかない現実に、ブランシュもリオネルもしばし言葉を失くした。

リオネルが号令をかけるまでもなく、人々は我先にと畑を耕しはじめた。

種や苗木がないので、リオネルは急ぎアンソニーに近隣の領地から買いつけてくるように命じ、城の使用人総出で町や村にそれらを配って回っている。

そのタイミングで増やすことを検討していた馬も十頭ほど購入してもらった。領地を移動するには馬がないと困るし、大地を草が覆った今であれば、馬の食料にも困らないからだ。

城の近くに馬たちのための牧場を作って、使用人の中から希望者を募って管理者も置いた。

牛や豚、鶏などの家畜の購入を検討してもいいかもしれない。

「すごい速さで領内の状況が変わって、目が回りそうですね」

「そうだな」

なにもなかった庭に花や木を植えるというので、ブランシュはリオネルとともに庭に下りていた。庭師がどこになにを植える予定か説明するというからである。

ちなみにブランはお散歩中だ。

狼だけあって走り回ることが好きなのか、一日に一度散歩に出かけては城の周りを満足するまで走って戻ってくる。

「農作物はこれからだが、水が潤沢にあるのが助かるな」

「はい、本当に……」

川には潤沢に水があるし、枯れていた井戸も復活して、水を節約する必要はなくなった。

（お風呂に入れるのがなにより嬉しいわ……）

薪はまだ買いつける必要があるので無駄遣いはできないが、日中にバケツに水を入れて外に出しておけば水が温かくなることを覚えてからは、せっせと日中に水を温めておいてお風呂に利用している。

苗木を買ったら、木々が枯れ果てて剥げていた山に植林作業も始めるそうだ。

大地が潤ったことはとても嬉しいが、一気に状況が変わったためやることが増えて、正直手が足らない。

領内で問題なく自給自足できるようになるまでは数年かかるだろうから、当面の間は魔物狩りで金を稼ぐのは継続するが、領内が豊かになれば、これまでエスポワールの中にはいなかった魔物がやってくるようになるはずなので、それらの対策についても考えねばなるまい。

「これからまだまだ忙しくなりそうだからな、それぞれに管理部門を作って責任者を置いた方がいいかもしれない」

リオネルからそんな言葉が出てきて、ブランシュはちょっと驚いた。

少しずつ人を頼ることを覚えてきたリオネルだが、それでもまだ彼が頼っていたのはアンソニーやロバータなど、一部の人間だけだった。

その彼が人になにかを任せようというのだ。

（殿下、少し丸くなったわね）

難しい表情をすることも減って笑顔も増えたし、なにもかも自分で抱え込もうとはしなくなった。多忙ゆえのピリピリと尖った雰囲気はなくなって、領内の状況がブランの目覚めによって上向いたためか今の彼には余裕すら感じる。

ブランシュはふっと笑って、リオネルの顔を下から覗き込んだ。

「わたしもそれがいいと思います。その方が領内の状況が把握しやすいですからね」

すると、リオネルがブランシュを見つめ返して、とろけるような笑みを浮かべた。

リオネルの笑顔は増えたが、今日ほど穏やかに微笑んだ日はなくて、ブランシュはドキリとした。

「管理部門を置くなら、放置されている城の中を片付けないとな」

「た、確かに、今は使わない部屋は埃まみれのままですからね」

必要に駆られていなかったので、城の部屋の大半は放置されたままだ。管理部門を置くなら城の部屋の一部を彼らのための仕事部屋にするので、まず中を片付けなくてはならない。部屋はたくさんあるが、使えなければ意味がないからだ。

「種や苗木を配った後は、今度はみんなで掃除だな」

骨が折れそうだとリオネルが苦笑する。

ブランシュが笑い返した時、開け放されている門から真っ白な巨体が飛び込んできた。

「ブランシュ！」

ブランだった。散歩に満足し帰ってきたのだ。

ブランはまっすぐブランシュのもとに走ってくると、ブランシュとリオネルの間に巨体をねじ込ませた。

「ブランシュに近付くな。オレはまだお前がブランシュの夫だとは認めていない！」

（ブランって、どうしてこうリオネル殿下を敵視するのかしら……？）

いつまで経っても懐いてくれないブランに、リオネルは苦い顔をしている。

ブランはブランシュの背中を鼻先でつついてリオネルと距離を取らせると、庭師が庭に線を引きながら、どこになにを植えるかを検討しているのを見つけて、ぴんっと尻尾を立てた。

「あそこに大きな四阿《あずまや》を作れ。ブランシュとオレだけの憩いの場だ！　ブランシュ、お前も欲しいだろう？」

「ブラン、このお城は領主様のお城だから、リオネル殿下の許可なく作ったらダメだと思うわ」

するとブランは嫌そうに鼻にしわを寄せて、リオネルを振り返った。

「おい、許可しろ」

☆

おやすみなさい、と夫婦の寝室の前でブランシュと別れて、リオネルは自分が使っている寝室へ向かった。

新婚初夜に、『女にかまけている暇はない』と宣言し、同じ部屋で休むことを拒否したのは自分なのに、こうして別々の部屋で休むことが最近ちょっと憂鬱だ。

（あんなこと言うんじゃなかったな……）

あの時、リオネルは忙しくて、ブランシュの相手をする時間を割く余裕がどこにもなかったのは本当だ。それと同時に、ブランシュをリオネルの人生に巻き込んでしまったことへの罪悪感もあって、彼女にどう接していいのかわからなかったのだ。

ブランシュをシャプドレーヌ公爵家から解放できたとしても、どう転ぶかわからない、しかも先の展望などないリオネルの妻にして、本当によかったのだろうか。

大叔母から頼まれていたこともあるが、リオネルがブランシュを妻にしてこの地へ連れてきたかったのは、彼女の持つ色に縋りたいという思いもあった。そんな打算から彼女をリオネルの人生の道連れにしてしまったのが非常に心苦しかった。

だからリオネルは、危なくなったらブランシュを解放できるように、本当の意味での夫婦にはならないようにしようと思っていた。

結果として突き放したような言い方になってしまったのだが、あの時きちんとエスポワールの地のことや、自分のことを説明していたらよかったのではないかと今さらながら後悔している。

(言い方を間違えていなければ、俺もあの部屋に入れたかもしれないのに)

聖獣ブランはブランシュにべったりで、彼女の寝室にも我が物顔で出入りしている。

当たり前のようにブランシュの寝室で寝起きして、散歩に行く短い時間以外はほとんどそばに張りついて離れない。

あれは聖獣で狼だとわかっているのに、人語を話すからだろうか、ブランとブランシュが仲よさそうにしていると、胸の奥がもやもやするのだ。

ブランのブランシュに対する独占欲はすさまじいものがあって、リオネルのことを同じ〝オス〟と認識している彼は、ことあるごとにリオネルを威嚇し排除しようとする。

ブランシュはそんなブランの様子をどこか微笑ましいと思っている節があって、単にブランがリオネルに懐いていないだけと思っているようだが、彼にしてみたらあれはそんなかわいらしいものではない。

(俺がブランシュと同じ部屋で寝ていないのを知った時の、ブランのあの勝ち誇った顔ときたら……）

思い出したらムカムカしてきた。

ブランシュもブランシュだ。リオネルという夫がいるにもかかわらず、違う〝オス〟と同じ部屋で眠るなんて。

（いや、落ち着け俺。あれは狼だ。狼。聖獣だ。男じゃない）

だが、自分に何度言い聞かせても、もやもやは消えない。

寝室のベッドにごろんと仰向けに寝そべったリオネルは、はーっと息を吐き出した。

「……どうして俺、初夜にあんなことを言ったんだろう」

悔やむべくはあの日の発言だ。

そして、なにより、あの日のことを謝って、〝夫婦〟としてやり直そうとブランシュに言い出せない、情けない自分自身だった。

☆

ブランが目覚めて二十日。

（殿下、大丈夫かしら？　日中、かなり暑くなったけど……）

ブランシュはダイニングの窓から庭を眺めて、そっとため息をついた。

リオネルは昨日から、領地の東の岩山へ視察に出かけているのだ。

というのも、急な雨で乾燥していた大地に水が供給され地盤が緩んだのか、あの辺りで落石の危険があると領民から訴えがあったのである。

馬は増やしたが、馬車はまだ荷馬車しかないので、今回もアンソニーとともに荷馬車での移動だ。ついでに食料や種、苗木などを近くの町に届けるという。

「奥様、お茶をお入れしましたよ」

メーベルが紅茶を運んでくると、ブランシュの足元に寝そべっていたブランが顔を上げた。

紅茶は、ブランが『欲しい！』と言った嗜好品だ。

食糧優先で嗜好品には一切手を出していなかったのだが、聖獣が望むならとアンソニーが買いつけてくれたのである。

（ブランってなにげにグルメなのよね……）

狼のくせに紅茶を好み、人が食べる食事を当たり前のように口にする。

というか、生肉をそのままあげたら『野蛮な』と言って顔をしかめたのだ。普通、狼は生肉を食べると思うのだが、聖獣だけあって、〝狼〟とひと括りにしてはいけないらしい。

ブランは、彼専用の大きな飲み皿に飲みやすく冷ました紅茶を入れてもらって満足そうである。

ブランのおかげでおこぼれにあずかっているブランシュは、そんな彼に苦笑して、メーベルが目の前に置いてくれたティーカップを手に取った。

「北の岩山って、ここからどのくらい離れているのかしら？」

「オレが走っていけば二時間くらいで着く。あののろのろした荷馬車ならまあ、途中で休憩を取って二日ってところか」

「まあ、ブランは足が速いのね」

「当然だ。ブランシュなら、背中に乗せてやってもいいぞ」

褒められてブランはまんざらでもなさそうに喉を鳴らした。

「あの辺りは昔、大理石が採れていた。今はどうか知らんが、オレが眠った後で放置されていたんならまだ採れるんじゃないか？」

「そうなの？」

「ああ。質がいいって誰かが言っていたのを聞いたことがある。オレはさほど興味ないが、あれを使ってオレとブランシュの四阿を作るなら、あそこから運ぶのを手伝ってやってもいい」

ブランの中で、庭にブランとブランシュ専用の四阿を作ることは決定事項のようだった。

リオネルは許可をしていないのに、強行突破する気満々だ。

「でも、落石の危険がある場所で採掘するのは危なくない？」

「オレなら岩山ごと壊せるぞ」

「強いのね、ブラン」

「おう」

ブランの尻尾がぱたぱたと揺れた。機嫌のいい証拠だ。

（ふふ、かわいい）

「でも、そうね。大理石の件は、殿下が帰ってから聞いた方がいいと思うわ」

すると、ブランの尻尾がわかりやすく垂れた。

「オレ、あいつ嫌いだ」

「殿下はとてもいい方よ。領民のために親身になって動いているし」

「そうだとしても……あいつは、オレから聖女を奪ったあの男の血を引いている」

ブランは忌々しそうに舌打ちして、飲み皿の紅茶を飲み干すと、ゴロンと寝そべって目を閉じた。


――深夜。

「いやあああああ！」

ブランシュは自分の悲鳴で飛び起きた。

ブランシュのベッドで当たり前のように眠っていたブランも飛び起きて、やや して、ばたばたという足音とともにメーベルとロバータがやってくる。

自分自身の腕を抱きしめて、ただ目を見開いて固まっていたブランシュは、ブランたちに何度か声をかけられてようやくハッとした。

「どうした？」

ブランが鼻先でブランシュの頬をつつく。

メーベルに水の入ったコップを差し出されて、ブランシュはひと口水を飲むと、ふぅー、と長く息を吐き出した。

「なんでもないわ……ちょっと、変な夢を見ただけなの。ブラン、メーベルもロバータも、起こしてしまってごめんなさい」

「体を拭くものをお持ちしましょうか？」

ロバータに言われて、ブランシュはようやく自分が汗をかいていることに気が付いた。

前髪が汗で額に張りついているし、背中もなんだか気持ち悪い。

「ありがとう。水とタオルをバスルームに運んでもらってもいいかしら？　汗を拭いて着替えるわ」

「わかりました」

メーベルがぱたぱたと準備のために部屋を出ていく。

バスルームへ移動しようとベッドから下りようとしたブランシュは、足に力が入らずに、その場にぺたんと座り込んでしまった。

「ブランシュ！」

「奥様！」

「……大丈夫。夢のせいかしら、足が震えているみたい」

「…………夢、か」

ブランは青と緑のオッドアイをすっと細めた。

ロバータがブランシュを抱き起こして、ベッドに座らせてくれる。そしてロバータがバスルームの準備のために続き部屋に消えると、ブランが声を落として訊ねてきた。

「どんな夢を見た？　覚えているか？」

「よくない夢だから……あんまり口にしたくないわ」

「ダメだ、話した方がいい。……その夢に、もしリオネルが出てきたのなら、本当に起こる可能性がある」

「どういうこと？」

ブランシュは息を呑んだ。

ブランの言う通り、先ほど見た夢にはリオネルが出てきた。

岩山を視察しているリオネルが、落石によって命を落とすという悪夢だったのだ。

それが本当に起こる可能性があると言われて、ブランシュの顔から血の気が引く。

「前に聖女の力は聖力だと言っただろう。あれが関係する。……ブランシュはリオネルの妻だから、オレとしてはおもしろくないが、その力が働くのはリオネルに対してである可能性が一番高かった」

「その、聖力ってなんなの？」

「力が顕現したんだ、もう隠す必要もないだろうな。聖女の聖力は予知の力だ。だが万能な力じゃない。聖女が最も大切だと思う相手ただひとりに対して働く力だ」

「最も大切な相手の未来を見る、力……」

「ああ。リオネルの未来が見えたんだろう？　間違いないと思う。ものすごく腹が立つが、ブランシュはリオネルを大切に思っているみたいだからな」

「あ……」

ブランシュの頬にさっと朱がさした。

だがそれは一瞬のことで、未来を見る力という事実を理解しまた青くなる。

「大変だわ！　わたし、殿下が死ぬ夢を見たのよ。どうしたら……！」

「夢は鮮明だったはずだ。どこでどうなった？」

「岩山で、落石の下敷きになっていたわ……」

「時間は？」

「明るかったから、お昼じゃないかしら」

「わかった。ならば比較的近い未来だろう。岩山に急いだ方がいい」

「……助けられるの？」

「なんのための力だと思っている。助けるための力だ。今出発するのは暗くて危険だろうから、明日の朝早くに、オレが岩山まで連れていってやる。オレの足なら追いつけるだろう」

「……よかった」

ブランシュはホッと息を吐き出した。

全身から力が抜ける。

夢で見た内容が未来のことだと言われた時は心臓が凍りかけたが、助けられるのだ。

もちろんまだ安心はできないが、ブランが連れていってくれるなら、きっと事故を未然に防げるはずである。

体の震えが徐々に収まってくると、ブランシュは慎重に立ち上がった。

「それにしても、聖女にはそんな力があったのね」

「ああ。……だから百五十年前、あの男は聖女を狙った。聖女の未来予知の力を手に入れるために、聖女を攫おうとしたんだ。そして聖女が拒むと、その力が人のものになるのを恐れて聖女を殺した。……あの男の血を引くリオネルには知られたくなかったが、ブランシュの力はリオネルを対象にした。だったらもういい」

「……だから教えてくれなかったのね」

未来を見る力があると知り、リオネルがかつての王族のようにブランシュをどうにかするかもしれないとブランは警戒していたのだろう。

ブランシュはそっとブランの頭を撫でた。

「ありがとう、ブラン。でも、殿下は昔のその人みたいなことはしないわ」

「………ああ」

ブランシュはロバータとメーベルが準備してくれたバスルームへ向かう。

夢から覚めた時は怖かったが、これが救うための力だと思うと、もう怖いとは思わなかった。

☆

翌朝、ブランシュはロバータとメーベルに事情を話して、ブランの背に乗って岩山を目指した。

振り落とされると危ないから、ブランの背中に紐で縛ってもらえと言われた時は驚いたが、走り出した途端にブランシュはその意味を理解した。

恐ろしく速いのだ。息をするのも苦しいほどに。これでは、ブランの背中に縛りつけられていなければ、あっという間に振り落とされて大怪我をしていただろう。

(目が回りそう……！)

紐で縛りつけられていてもなお怖くて、ブランシュはひしっとブランの背中にしがみついた。

まさに風のような速さで、短い草が生えそろった大地をブランはまっすぐ駆け抜けていく。ブランシュの緩く波打つ金髪が光の帯のようにたなびき、朝日を反射してキラキラと輝いていた。

正直、息をするのも苦しいほどだが、リオネルの命がかかっているので文句なんて言えない。むしろ、速さへの恐怖よりも焦燥の方が勝っている。

(殿下……!)

ブランは、聖女の未来予知の力は、聖女が大切に思う人ただひとりに対して働く力だと言った。

そう教えられた昨夜から今朝まで、ブランシュは不安の中で浅い眠りを繰り返しながら、自問し考え続け、わかったことがある。

(わたし、どうやら殿下が好きみたい)

思い返せば、それらしい兆候はあった。

リオネルの笑顔を見ると嬉しくなったり安堵したり、手を繋ぐとドキドキして落ち着かなかったり。彼がきちんと休憩を取っているか心配で、おせっかいもたくさん焼いた。

ここに来たばかりの頃はまったくと言っていいほど意識していなかったのに、リオネルが過労で倒れたあたりからだろう、彼のことが気になって仕方がなくなっていった。

(って言っても、この気持ちは口には出せないけど……)

初夜の日、リオネルは『女にかまけている暇はない』と言った。

きっぱりと拒絶されたのだ。

ブランシュが今、リオネルのことが好きだなんて言っても彼を困らせるだけだろう。

リオネルは真面目で不器用なところがあるけれど、優しい人だとブランシュは知っている。

優しいリオネルを困らせることはしたくない。

ブランシュは、立場上はリオネルの妻だ。その事実だけで満足すべきなのである。

それ以上を――彼の心を、求めてはいけない。

「ブランシュ、もうちょっとで着く！」

風のように駆け抜けながらブランが言う。だが、ブランシュは彼の背の上で頷き返すので精いっぱいだった。声を発したら舌を噛みそうだ。

ブランの背の上で薄く目を開けると、遠くに高くそびえ立つ岩山が見える。

岩山は、縦に真っぷたつに割れたような形をしていて、谷になっている部分の入り口の辺りに、小さく荷馬車のようなものが見えた。リオネルとアンソニーが乗っていた馬車で間違いないだろう。

（馬車を置いて、谷を歩いていったのかしら？）

ブランシュの夢の中でも、リオネルは切り立つ壁に囲まれた道を歩いていた。

馬車が二台通れるか否かくらいの幅だった気がする。

崖が崩れて巨大な岩の塊が落ちてきたのは、彼が谷の途中で崖を見上げて、どのように対策を取るか考えている最中だった。

（急がないと！）

ブランシュはゾッとした。

彼が谷を歩いていったのなら、ブランシュが予知夢で見た事故はもうじき起こる。

「ブランっ」

舌を噛みそうになりながら必死でブランに呼びかけると、「わかっている！」とブランから力強い返答があった。

「このまま行く！」

ブランは勢いを少し殺して、谷の中に突入した。

速度が弱まったので、ブランシュが目を開いて前方を確認していると、しばらく行った先にリオネルの姿があった。崖の上の辺りを指さして、アンソニーとなにかを話している。

崖の上を確かめていたブランシュは、その時、音を立てて大きな岩の塊が崖を転がり落ちてくるのを見た。

「――殿下‼」

ブランシュは、悲鳴をあげた。

☆

それは、ブランシュとブランが到着する少し前のことだった。

「確かに危なそうな場所だな」

「ええ。これまでも落石被害はあったんです。ただ、今までは通行人がほとんどいなかったのと、対策をする余裕なんてありませんでしたから捨て置かれていただけで……」

崖を見上げながらアンソニーが答える。

これまで領民は日々の暮らしで精いっぱいだったので放置でもよかった。

しかし、ブランが目覚め、領内に雨が降り、百五十年前の豊かな環境を取り戻せるのではと沸いている今、このまま放置することはできない。

というのも、ここは行商人が東に隣接する他領に向かう時の近道になるそうなのだ。

危ないので迂回しろと言っても、全員が全員その忠告を守るとは思えない。迂回して三日かかるところが、数時間でたどり着けるとあっては、多少の危険を冒してでも通ろうとする者は必ず現れる。

「しかしこれは……どうしたものか。崖に鎖を張るにしても、これだけの規模だと重労働だぞ。……それに、予算の問題もある」

鎖を購入し、崖全体に張り巡らせるのが一番手っ取り早いと思うが、鎖を購入する予算と人件費をどこから捻出すべきかが問題だった。

現状、領内の税収はゼロだ。

エスポワール魔術団の働きで多少の収入は得られていても、それは食糧などを購入するのにほぼ全部使われている。塩田を作ったり、魔獣の皮の加工工場などを作ったりするのにも、費用を捻出しなければならない。

ブランシュから受け取った宝石類はまだ残っているが、できることなら、少しでも残しておいてやりたかった。あれはブランシュの祖母シャルリーヌの形見だから。ブランシュがいいと言っても、やっぱり思い出は手元に取っておいてやりたい。

（対策に金が回せるようになるまでは、やはり立ち入り禁止にするしかないか）

忠告や立て看板だけでは無視して入る人間がいるかもしれないので、誰か見張りを置いた方がいいだろう。さすがに無給で見張れとは言えないので、人件費はかかるがこればかりは仕方がない。領民の命には代えられないからだ。

（土木関係の専門部署も作るべきだな）

こうした危険地帯が、他にないとも限らない。

領内が豊かになるにつれて人の移動も活発化するだろう。なにかある前に、危険な場所は洗っておいた方がよさそうだ。

「見張りを置くのなら見張り小屋がいるな。……ろくに建築資材がないから仕入れる必要もありそうだ。帰ってどうするのがいいか相談だな。ブランシュにも聞いてみよう」

シャルリーヌに学び、大量の本を読んで過ごしてきたブランシュは、リオネルが知らないことも知っている。彼女の持つ膨大な知識があれば他にも名案が生まれるかもしれない。

「よし、状況は確認できたし、帰るか」

風が吹くたびにパラパラと小石が落ちてくる崖下には、長居はしない方がよさそうだ。

リオネルがそう言って、アンソニーを連れて荷馬車を停めている場所に戻ろうとした時だった。

頭上でなにやら大きな音がしたと思って顔を上げたリオネルは息を呑んだ。

慌てて目の前にいたアンソニーを突き飛ばす。

「アンソニー！」

リオネルめがけて、大きな音を立てながら岩の塊が勢いよく落ちてきていた。

「――殿下‼」

リオネルが己の死期を悟ったのと、ブランシュの悲鳴が聞こえてきたのはほぼ同時だった。

真っ白い塊を見たと思った時にはそれに体当たりされて、リオネルは後方に大きく吹き飛ぶ。

――ドオォォォン！

先ほどまでリオネルがいた場所に落ちてきた岩の塊が、衝撃音とともにひび割れて砕けた。

吹き飛ばされ、倒れ込んだ姿勢のまま、リオネルは目を見開いて凍りつく。

「旦那様！」

土埃の向こうから、アンソニーの呼ぶ声が聞こえた。彼は無事だったようだ。

ホッと息をつき、リオネルは改めて目の前の白い巨体を見上げる。

それはブランだった。そしてなぜか、彼の背中には紐でぐるぐる巻きに括りつけられたブランシュがいる。

「リオネル殿下！　怪我していないですか⁉」

ブランの背中の上からブランシュが泣きそうな顔で訊ねてきた。

怪我をしていないかと言われれば、ブランに容赦なく突き飛ばされたのであちこち擦り傷ができているし、背中もしたたか打ったけれど、ブランシュが聞いているのはそういう意味ではないはずだ。

「大丈夫だよ。それから、ありがとうブラン。……でも、どうしてブランシュがここに？」

ブランに突き飛ばされたからか、それとも巨大な岩に押しつぶされそうになったからか、膝が震えている。その足を叱咤しながらなんとか起き上がると、リオネルはまず、ブランシュの紐をほどいてやることにした。あまりに苦しそうな体勢だったからだ。

紐をほどいてやると、ブランシュがブランの背中から降りるなり抱き着いてくる。

「よかった……！　岩が落ちてきたのを見た時はダメかと……！」

怖かったのだろうか。ブランシュは華奢な体を小さく震わせて、リオネルにしがみつくと、ひくっとしゃくりあげた。

ブランシュに抱き着かれたこともなければ、彼女が泣いたのを見たことがないリオネルは途端におろおろした。

「ブ、ブランシュ？」

狼狽して、ハンカチを探してポケットを漁ったけれどなにも入っていなくて、リオネルはおずおずと彼女の後頭部に手を回す。そして、ぎこちなく頭を撫でると、ブランシュがリオネルの胸に額を押しつけて、ぐりぐりと左右に動かした。

まるで幼子がむずがるような動きだった。

ますますどうしていいのかわからなくなって、リオネルは助けを求めるようにブランを見たが、彼はふんと鼻を鳴らして、どこか拗ねたようにそっぽを向いてしまった。

「ブランシュ……その、ええっと……」

ブランシュがなかなか泣きやまないので、遠慮がちに彼女を抱きしめてみる。

ブランシュの柔らかい髪からは甘い香りがして、こんな時だというのに、全身を流れる血が沸騰したように熱くなった気がした。

ドクドクと心臓がうるさい。

このまま彼女を抱きしめていると、ちょっといろいろまずい気がしてきた。

ブランシュは柔らかいし、いい香りがするし、泣いているし、ぐずぐず言っているのがなんかかわいいし――いや待て俺はなにを考えているんだと、リオネルは空を仰ぐ。

（これはまずい。本当にまずい）

もしかしたら口づけのひとつでもすれば泣きやむんじゃないかと、自分でも意味不明な思考に囚われそうになる。

というかなんか衝動的にまずい行動を取りそうになっている自分がいて、リオネルはどうにかして正気に戻らなければと思うけれど、ブランシュの甘い香りがどんどん甘くなっているような変な錯覚までしてきて、もうどうしていいのかわからない。

結局ブランシュはその後もしばらく泣きやまなくて、リオネルは大混乱に陥りながらも、擦り切れそうになりながらなんとか最後まで理性を保ち続けた。

六　兄の訪れ

西の辺境。

絶望の地の異名を持つエスポワールに、百五十年ぶりに聖獣が現れたらしいという嘘か誠か定かではない噂は、バゼーヌ国王都に瞬く間に広まった。

いくら辺境と言えど、隣接する領地はいくつもあり、そこを通してエスポワールの情報は入ってくる。

噂によると、見渡す限り茶色くひび割れた大地が広がっていたエスポワール上空を、突然真っ黒な雲が覆いつくし、すべてを洗い流すかのような激しい雨が降り注いだ後、あっという間に緑溢れる大地に変貌したそうなのだ。

そんな馬鹿な話があるかと、バゼーヌ国第二王子リュカは思ったけれど、そんな話をする人間がひとりやふたりでないところを見ると、まさかと思いたくもなる。

おかげでリュカの母である王妃アルレットはここのところやたらと機嫌が悪い。

アルレットはリュカの異母兄リオネルを毛嫌いしていて、厄介払いをかねて日々を生きることすら苦しい辺境に追いやったというのに、そんな奇跡を起こされたのだから、それは機嫌も悪くなるというものだろう。

アルレットの手前、声高には叫べないが、王都では聖獣を復活させたリオネルを英雄視する輩もいるそうだ。

（おもしろいね）

母と違い、別段リオネルに対して思うところのないリュカは、噂を聞いて単純にそう思った。

リュカにとって、リオネルは取るに足らない存在だった。

リオネルは優秀らしいが、正妃を母に持つリュカを脅かす存在ではない。

兄はわきまえているのでリュカを王太子の立場から追い落とそうとは考えていないし、なにより、王妃に睨まれてまでリオネルの味方をしようと考える酔狂な人間はこの国にはいないのだ。

そうであれば、自分が王になった時に役に立ちそうなリオネルとは友好な関係でありたいとリュカは考えている。

それなのに、死んだ側妃をいまだ憎んでいるアルレットは、その血を引いたリオネルの存在自体が許せないのか、とにかく彼を追い落としたくて仕方がないらしい。

（母上はなにもわかっていない。兄上はあれで使い勝手のいい人間だ。糞真面目だから謀反を企むような性格でもないし、万が一兄上をそそのかすような人間が現れても、くだらない奸計《かんけい》に乗るほど馬鹿でもない。兄上より、腹でなにを考えているかわからない貴族連中や大臣たちの方がよっぽど厄介なのに）

リュカは遊ぶのは大好きだが、別段馬鹿でもない。殊、自分が楽をするためにはやたらと知恵の働く男だった。

エスポワールがかつての栄光を取り戻したとして、なんの問題があるだろう。

食糧援助などで無駄に税金のかかっていた場所から、逆に税金を搾り取れるようになったと思えば得はあっても損はない。

リオネルが英雄視されようと、リュカに恭順を示せば逆にそれはリュカの手柄になる。

第一、聖獣なんておもしろいじゃないか。荒れ果てた大地を一瞬にして蘇らせるほどの力があるのなら、味方につければものすごく役に立ちそうだ。

(そしてなにより、聖女とかいうのがおもしろい)

聖獣の存在に対して、こちらはそれほど騒がれていないし真偽のほども聖獣以上に怪しいが、どうやらエスポワールに聖女が現れたらしい。しかもそれは、リオネルの妻であるという。

リオネルが連れていったのは、シャプドレーヌ公爵家の掌中の珠、ブランシュである。

邸の奥深くに隠されていた深層の令嬢には、リュカも前々から興味を持っていた。

(いいよね、聖女って。公爵令嬢ならさ、身分もまったく問題ないし。聖女なんて箔がついているのなら、ぜひとも手に入れておきたいよね)

リュカには婚約者がいて、彼女は母のお気に入りの侯爵令嬢だ。魔力もそこそこある。そしてまあまあ美人。だが、従順すぎて少々物足りないと常々思っていたのだ。

（ただの侯爵令嬢より、聖女って肩書のある公爵令嬢の方がいいに決まっている）

異母兄のお手つきだが、そこは目をつむろう。

今時処女性にこだわっていては奔放な貴族令嬢の大半にケチがつく。外野が文句を言うなら、リオネルとの婚姻の事実をもみ消してしまえばいい。

リュカはニッと笑うと、ベルでメイドを呼びつけた。

「魔術師団副団長ユーグ・シャプドレーヌを呼べ」

☆

「ブランシュ、塩田についての報告書が届いたから見てくれないか？」

ブランシュがダイニングでお茶を飲んでいると、執務室で仕事をしていたはずのリオネルが書類を片手にやってきて、思わずびくりと肩を震わせてしまった。

リオネルへの感情を自覚したせいか、不意打ちで彼が目の前に現れるとどうしていいのかわからなくなる。

顔が真っ赤になっていないことを祈りつつ、ブランシュはリオネルに気付かれないようにこっそり深呼吸をすると、にこりと笑った。

「拝見します。あ、殿下もお茶、いかがですか？」

「ありがとう、もらおう」

　ブランが目覚めてから一カ月半が経ち、エスポワールは夏の盛りである。

　各地で畑が作られて、収穫までの期間が短い作物が育ちはじめたおかげか、領内の食糧事情はかなり上向いた。

　新鮮な野菜が食べられるようになっただけでも、食生活が随分豊かになったように感じる。

　ブランシュが頼むと、メーベルがリオネルの分の紅茶を運んできた。

　ブランはブランシュの足元に寝そべっている。以前はリオネルがブランシュに近付こうものなら間に割って入っていたがそれもなくなった。おそらく、ブランシュがリオネルに対して聖女の力を顕現させたからだと思われる。ブランの中で、リオネルは警戒すべき相手ではなくなったのだろう。

　とはいえ、あたりはまだ強いのだが。

「塩田、問題なく稼働しているみたいですね」

「ああ。産業部より、そろそろ他領に卸したいと相談があった」

　今後様子を見ながら調整する必要はあるが、ひとまず、産業、土木、農業、それから魔術団も所属している警備の四つの部署を立ち上げて、それぞれ責任者を置いている。

　おかげで城で働く人が増えて、城内はとってもにぎやかになった。

「まだ安定供給とまではいかないと思うので、食糧の買いつけついでに塩を買い取ってくれるところを探す形で進めたらどうでしょう」

「ああ、そうだな。領内で消費する分を差し引けば、それほど余裕があるわけでもないだろうし」

リオネルが紅茶の入ったティーカップに、魔術で氷を作って落とす。暑いので、冷たくして飲みたいようだ。

（……いいな）

温かい紅茶もいいが、冷たい紅茶が美味しそうに見えてジッと見つめると、視線に気付いたリオネルが笑った。

彼の屈託のない笑顔に、ブランシュは不覚にもドキリとしてしまう。

「ブランシュのティーカップにも氷を落としてやろうか？」

「……お願いしてもいいですか？」

どうかドキドキしていることに気付かれませんようにと思いながら、ブランシュは自分のティーカップをリオネルの方にすすーっと押した。

リオネルがティーカップに氷を落として差し出してくれる。

受け取る時に指先が触れて、ブランシュはティーカップを取り落としそうになった。

「おっと！」

リオネルが慌ててブランシュの手ごとティーカップを支えたものだから、ブランシュはますますドキドキしてしまう。

ブランシュの体温が上がって、手のひらにじっとりと汗をかいてきた。

重ねられているリオネルの手も熱い気がする。

ふたりがひとつのティーカップを持っている妙な姿勢のまま、動くに動けなくなって、ブランシュはリオネルを見上げた。

（ど、どうしよう……）

リオネルもどうしていいのかわからない顔で固まっている。

しばらく見つめ合ったまま硬直していると、なにを思ったのかリオネルがもう片方の手も重ねてきた。

「ブランシュ……」

リオネルがなにか言いたそうにブランシュの名前を囁いた時、彼女の足元で寝そべっていたブランがむくりと起き上がって冷ややかな声で言った。

「ブランシュから手を放せ、この馬鹿」


なんの連絡もなく、唐突に〝珍客〟が訪れたのは、その日の夕方のことだった。

その時、ブランシュは城の書庫の整理をしていた。

ずっと放置されたままだったので中にはボロボロになって読めない本もあり、読める本と読めない本の選別作業をしていたのだ。

書庫を片付け、掃除を終えたら、シャプドレーヌ公爵家から運んできた本も書庫に納めるつもりでいる。

ブランシュが書庫の中をぱたぱたと動き回るのを尻目に、ブランは窓際で夕日を浴びながらお昼寝中だ。白く艶やかな毛を夕日に染めて、すぴすぴと幸せそうな寝息を立てている。

ブランは巨大な狼だが、寝顔を見ていると犬にしか見えない。

(殿下相手には憎まれ口を叩くけど、こうして見ると本当にかわいいわ)

ブランシュがブランに視線を向けて、ふふっと笑いをこぼした時、ブランの大きな耳がピクリと動いた。ぱちりと青と緑の目を開いて、むくりと起き上がる。

「……誰か来た」

ぽつりと呟くなり、ブランは書庫を飛び出していった。

「誰か来たって、え？　ブラン？」

ブランシュは手に持っていた本を置くと、慌ててブランを追いかけた。

この城に客人が来るのは、ここ最近は珍しくない。

各村や町の代表者が報告や相談に来たり、城で働くことを希望する人が面接にやってきたりしていて、二日に一度は誰かが来る。

けれどブランがそうした客人に対して反応を見せたのは今回が初めてだった。

「ブランシュ、どうした？」

ブランを追いかけて廊下を駆けていると、執務室からリオネルが顔を出した。

「あ、殿下。ブランが誰か来たって言って……」

「近くの村の人間かな。そうだとしても、ブランがわざわざ客を確かめにいくなんておかしいな。わかった、俺も行こう」

リオネルとともに玄関へ向かうと、ブランは玄関の外に出て、ジッとオレンジ色の空を睨んでいる。

「誰もいないな」

「はい、誰もいませんね」

ブランの背後でリオネルとブランシュが首を傾げた時だった。

「来た」

ブランが短く告げて、警戒するように低くうなった。

リオネルがブランシュを背にかばって、ブランが視線を向ける先を見やる。

ビュンと風を切るような音がしたかと思えば、なにかが空から飛んできて、作りかけの花壇の中に墜落した。

「……いったあ」

墜落したものはシーツのように真っ白な布だったが、その布の下から呻くような声がして、ブランシュはびくりとした。

「な、なんだ……？」

「あの布の下になにかいるみたいです……」

得体が知れなさすぎて、あの妙な布に近付きたくない。

リオネルとブランシュが警戒していると、ブランが無造作に布に近付いて、それを口でくわえると、ぺいっと投げた。

「わあ！」

布が裏返り、同時に叫び声がする。

見れば、それは人だった。

白い布の四隅に紐を通し、その紐を腰に巻きつけるという怪しい格好の男だ。

布は大きく、遮光カーテンのように張りがある。

あんなものを紐で腰に括りつけていたら、風を受ければ、多分船の帆のようにたるんで、まともに歩けないのではなかろうか。

（……なにあれ）

明らかに不審人物だ。ブランシュはリオネルの袖口をきゅっと掴んで、彼の陰からうかがうようにして男を見やった。

ブランに仰向けに転がされた彼は、腰に括りつけた紐をはずそうと格闘している。

キラキラと眩しい金髪に、碧《あお》い瞳の、線の細い男だった。

外見で判断するなら二十歳前後だろう。顔立ちは整っていて、どことなくブランシュの父に似ている気がしなくもない。

「あの胸の紋章、国の魔術師団じゃないか？」

「え？」

「ほら、クレマチスを象った紋章。間違いないだろう」

そう言われても、ブランシュは魔術師団の紋章を見たことがないので判断できない。

（でも、彼が魔術師団の団員だとして、ここになにをしに来たのかしら？）

よほどきつく結んだのか、男は紐がなかなかはずせずに苛立っているようだ。

リオネルともども眺めていると、男がキッとこちらを睨んできた。

「見ているなら手伝ってくれないか⁉　困っていることくらいわかるだろう！」

そう言われても、見るからに怪しい男に近付く勇気は持てない。

「助ける前に、その格好の説明とここに来た理由、それから名前を名乗ってくれないか？」

リオネルが訊ねると、男はちょっと機嫌よさそうになった。なぜ機嫌がよくなったのかは甚だ謎である。

「この格好の理由は、魔術を利用した飛行の実験をしていたからだ。どうだ、すごいだろう。

王都からここまで二日で到着したんだ。この実験は成功だ！」

「「………」」

墜落し、紐がほどけずあがいている状態で『成功だ』と言われても反応に困る。

（馬車で二カ月くらいかかる距離を二日で飛んできたのはすごいのかもしれないけど……この人、変な人だわ）

ますます関わり合いになりたくないと思ったブランシュだったが、続く男の言葉に目を剥くこととなった。

「ここに来た理由は、リュカ殿下に頼まれたからだ。そして私の名はユーグ・シャプドレーヌ。魔術師団の副団長だ」

「ユーグ・シャプドレーヌ⁉」

「え⁉　お兄様⁉」

何度か遠目から見かけたことはあったが直接会ったことのなかったブランシュは、目の前の男が顔すら朧げだった兄だと知ってギョッとした。

（この変な人がお兄様⁉）

史上最年少で魔術師団副団長に任命された天才。ブランシュよりふたつ年上の、母の溺愛する兄、ユーグ・シャプドレーヌ。

（これが⁉）

もう、ブランシュは言葉もなかった。

ユーグは綺麗な碧い瞳をぱちぱちさせて、ブランシュを見た。

「お前が私の妹か。はじめまして」

「……はじめ、まして？」

まあ、遠目で見たことはあっても直接会話するのはおそらく初めてだろうから、『はじめまして』と言ってもおかしくないが――兄妹間の会話と考えると奇妙である。

「それで妹よ。いい加減これをほどいてくれないか。それともお前は兄を縛り上げて笑う、変な性癖の持ち主なのだろうか」

「そんなわけないでしょう！」

第一、ブランシュが縛り上げたのではなく、ユーグ自身の実験の結果だろう。

なんとも腑に落ちないものを感じながら、ブランシュは渋々ユーグの腰の紐をほどくのを手伝ってやることにした。

リオネルも唖然とした表情を浮かべたまま、きつく縛られた紐を緩めていく。

ようやく解放されたユーグは「ああひどい目にあった」と言いながら立ち上がった。

さも他人に陥れられたかのようなセリフだが、繰り返す。これはユーグ自身の実験の結果だ。

ユーグはきょろきょろと興味深そうに周囲を見回した後で、「うわ、なにこいつ」と言わんばかりの半眼で自分を眺めていたブランを発見すると、嬉しそうに破顔した。

「素晴らしい！　リュカ殿下の言うことはあまり信じていなかったんだが、本当に聖獣は実在したんだな！」

そしてぐるんとブランシュの方を向いて、ユーグは言った。

「ところで妹よ。兄は二日も飲まず食わずで大変腹が減っている。なにか食べさせてくれ」

……噂によると優秀なはずの兄は、実際のところは大変不遜でワガママな兄だったらしい。


パンと水で腹を満たした兄ユーグは、満足そうな顔で大あくびをしている。

このまま放置していると、次は寝ると言いだしそうな気がして、ブランシュは急いで先ほどの話の続きを求めることにした。

リオネルはすっかりあきれ顔だ。

「それでお兄様、リュカ殿下に頼まれたってどういうことですか？」

「うん？　ああ、そういえばそうだったな」

自分で説明したくせに、もう忘れてしまったのだろうか。

（神経質なお父様とお母様の間に生まれてこのマイペースって……本当にお兄様なのかしら？）

よくこれで副団長をやっていられるなと驚くばかりである。

ユーグは魔術を使い、空っぽになったコップを水で満たして飲み干した。

「別段おかしな話ではないだろう。エスポワールに聖獣が復活し、枯れ果てていた大地に緑が溢れた。こんな噂が王都で広まっている。リュカ殿下としては真偽を確かめたいだろうし、それが聖女の仕業であるならば、女好きのあの殿下が興味を示さないはずはない。そういうわけで私は、真偽の確認と、それからどうやら私の妹らしい聖女を、リュカ殿下の妃になるように説得してこいと殿下に命じられたのさ」

「な――」

あきれ顔でどこか傍観者に徹していたリオネルは、驚いたように立ち上がった。

ブランシュも目を丸くして言葉を失う。

「ブランシュは俺と結婚済みだ」

「その通りだが、大々的に結婚式を挙げたわけでもないし、国も、我が父と母も発表したわけではない。その事実をもみ消すのは簡単だ」

ユーグはついとリオネルを見やって、興味なげに答えた。

「とはいえ、聖女と聖獣には興味はあるが、私も妹をリュカ殿下に嫁がせるのは気乗りがしない。あの殿下にはいい噂は聞かないし、個人的にもいけ好かない。命令だから来たが、その命令を遂行するかどうかは考え中だ」

ふわあ、とユーグはもう一度あくびをすると、ぱたりとダイニングテーブルに突っ伏した。

「というわけで妹よ。兄は眠たい。部屋をくれ」

ブランシュは額に手を当てて、「はー」と息を吐き出した。

☆

アンソニーとロバータにユーグがブランシュの兄だと説明し、空き部屋を用意した後で、リオネルはブランシュとともに〝夫婦の部屋〟にいた。

寝室と部屋続きになっていて、ブランシュが公爵家から持ち込んだ家具で整えられた〝夫婦の部屋〟にリオネルが入るのは初めてのことだ。

あの人騒がせなユーグは、部屋を用意するなりベッドの上で大の字になっていびきをかきはじめた。本人曰く二日寝ていないそうなので、しばらく起きないだろう。

（ユーグをどこまで信用できるのかはわからないが、ひとまずブランシュを連れ帰る気はなさそうだ）

万が一ユーグがブランシュを連れ去ろうとしたとしてもブランが許しはしないだろうが、リュカがブランシュを妃に欲していると聞いてリオネルの肝が冷えた。

リュカには婚約者がいるが、父がそうだったように、王は側妃を迎えることができる。

リュカが本気になれば、リオネルからブランシュを奪い取ることくらい簡単だろう。

（どうしたものか……）

夫婦とはいえ現状名ばかりなものではあるけれど、リオネルはブランシュを手放したくない。エスポワールも落ち着いてきて、どこかで改めてブランシュとの関係をやり直せればと思っていたところなのに、とんでもないことになってしまった。

目の前の愛らしい妻が異母弟に奪われるかもしれないと焦っていたリオネルは、「どうしましょうか」と奇しくも彼の心の声と同じことを言ったブランシュに驚いた。

しかしブランシュは、リオネルとは違う意味だったようだ。

「あの様子だと、お兄様はしばらく居座る気ですよね。わたしと殿下が別々の部屋で過ごしていたら怪しまれるかもしれません」

「あ、ああ……そうだな」

確かに、ブランシュの言う通りだ。

リオネルとブランシュの関係が、夫婦どころか恋人未満ですらあると知れば、ユーグの気が変わるかもしれない。ユーグからリュカに報告が行くのも困る。

「今日から、殿下も夫婦の部屋で過ごした方がいいですよね」

「いや、そうだが、でも……」

リオネルの視線が内扉へ向く。あの向こうの寝室には、ベッドがひとつしかない。

ブランシュがこちらに来たばかりの頃ならいざ知らず、今彼女と同じ寝室はまずい。ブランシュと同じベッドで眠って、朝まで理性を保っていられる自信がないからだ。

（俺たちは夫婦だが、いや、でも……）

戸籍上は夫婦なのだからそういう事実があってもまあいいかとは思えない。

真面目なリオネルは、ブランシュへの気持ちを自覚したがゆえに、ふたりが事実関係も夫婦になるには、まず心を通わせてからだと考えている。

（どうする？　どうしたらいい？　ここで好きだと言えばいいのか？　……だが、拒否される可能性ももちろんあるわけで……）

初夜に『女にかまけている暇はない』と宣言したリオネルである。そのせいでブランシュがリオネルを〝そういう対象〟として見ていない可能性も大いにあった。

（拒否されたら立ち直れないかもしれない……）

想像だけでずーんと沈み込んだリオネルに、ブランシュの足元に寝そべっていたブランが「はん」と鼻を鳴らして笑った。

もしかしてこの聖獣は人の心が読めるのではないかと、本気で怪しんでしまう。

「同じ部屋で休んでいるように見せればいいなら、こいつをこの部屋で休ませればいいだろう？　ブランシュはいつも通りオレとベッドを使おう」

（ちょっと待て。今聞き捨てならないことを言わなかったか⁉）

ブランはブランシュと同じベッドで眠っているのだろうか。いくら狼で聖獣でもそんなことが許されるのか？　思わずじろりとブランを睨めば、勝ち誇ったように目を細められる。

「ブラン、さすがに殿下をここで寝させられないわ。ソファしかないもの」

「ソファでいいじゃないか」

「ダメよ。殿下は身長が高いから、足が余ってしまうもの。殿下がベッドを使って、わたしがソファで寝るわ」

「待てブランシュ、それはダメだ！」

さすがにブランシュをベッドから追い出すわけにはいかないとリオネルが声をあげると、彼女は困ったような顔で笑った。

「でも、ベッドを運び込んでいる時にお兄様が目を覚ましたら、怪しまれちゃいますよ」

「そうだが、そうじゃなくて……」

「ソファがダメならこいつは床でいいんじゃないか？」

「ブラン、床はもっとダメよ。それなら三人でベッドを使った方がいいわ。広いからきっと大丈夫よ」

するとブランがあからさまに嫌そうに鼻にしわを寄せた。

「こいつと一緒に寝るのか？　オレは嫌だ」

「じゃあ、ブランがソファ……」

「わかった三人でいい」

自分がソファへ追いやられる可能性を示唆されると、ブランはころりと手のひらを返した。

（いやいや待て待て、それでもやっぱりまずいだろう⁉）

リオネルは慌てたが、ブランシュの中で〝三人で眠る〟というのは決定事項になっているようだ。いくらブランが一緒とはいえ、警戒心がなさすぎやしないかと慌てたが、ここで頑なに拒否をするとそれはそれで逆に怪しまれる気がして、リオネルは頷くしかなかった。

「……わかった。ブランシュがそれでいいなら」

今日から寝不足確定だなと、リオネルはブランシュに気付かれないようにこっそり嘆息した。

☆

兄、ユーグ・シャプドレーヌはどこまでもマイペースな男だった。

そして、どこまでも合理的な性格をしていた。

普段から美味しいものを食べていそうなユーグは、エスポワールでの食事に文句を言うかに思われたが、生命活動に必要な栄養が摂取できればそれでいいと豪語してけろりとしていたし、自分が興味を惹かれるものを発見した時以外は、座ってぼーっとするか寝るかしている。

合理的というか怠惰とも言い換えることができそうだったが、合理性を追求したがゆえの行動だと本人が言うのだからそうなのだろう。

兄と打ち解けるにはまだほど遠かったが、それでも三日もすれば会話らしいものも成立しはじめて、ブランシュは王都の様子を訊ねてみることにした。

というのも、王太子リュカがブランシュを妃に考えているという問題は、このまま聞かなかったことにして無視できるものではなかったからだ。……命じられたユーグ自身がどうでもいいと思っているにしても。

「お兄様、王都ではエスポワールのことがそんなに噂になっているんですか？」

「それはそうだろう。ある日を境に様子が激変したんだ、もともと聖獣伝説の残る地だったし、陛下がお倒れになっているこの状況では騒ぎたくもなる。少なからず、陛下不在で王都は混乱しているからな」

「そうなんですか？」

「遊んでばかりの王太子と、自分の感情を優先する王妃に国を任せられると思うか？　処罰されるのを恐れて口には出さなくとも、心の中で不安を感じている人間は多い。まあ、私にはどうだっていいことだがな」

いや、どうだってよくないだろう。ユーグは魔術師団に入団して好き勝手しているが、シャプドレーヌ公爵家の跡取りだ。

（陛下にもしものことがあったりしたら、リオネル殿下の立場はさらに悪くなりそうだし……）

今はまだ、国王ジョナサンが生きているから王妃もリオネルをエスポワールに遠ざけるだけだったが、もしもジョナサンが崩御すると、それこそなにかしらの理由をつけてリオネルを亡き者にしようとするかもしれない。

リオネル自身、エスポワールの状態次第ではそれを理由に処刑される可能性もあったと言っていたくらいだ。彼の置かれている状況は現状ですら悪いのである。

眉根を寄せて考え込んでいると、ブランシュの様子をしばらく観察していたユーグが、にっと口角を上げた。

「お前は母上のように感情的でなくていいね。冷静な人間は好きだよ」

「はい？」

「だが、回りくどいのは好きではない。聞きたいことがあるなら、はっきりと頼むよ。王都でのエスポワールの噂話が聞きたいわけではないだろう？」

空っぽになったティーカップに魔術で水と氷を生んで、ユーグが口をつける。

史上最年少で魔術師団の副団長になっただけあって、ユーグは呼吸するように魔術を使う。

ユーグは変わっているが天才には違いないのだろう。

そしてこの合理的な天才は、ブランシュが本当に知りたいことなどまるでお見通しなのだ。

「じゃあ聞きますけど、どうすればリオネル殿下の置かれている状況が上向くのか、そしてどうすればリュカ殿下がわたしを妃にすることをあきらめるのかを教えてください」

「方法を答えろと言うのならばその答えは明確だ」

ユーグは水を飲み干し、残った氷を指先でつついて遊びながら言った。

「陛下が回復すればいい。ただ、今のままでは無理だろうがな」

「陛下の病状はそんなに悪いんですか？」

「そうであるとも言えるし、ないとも言える」

ユーグはなぞなぞのようなことを言う。

「それはどういう意味だ？」

ブランシュが首をひねった時、リオネルの声が割り込んできて、顔を上げるとダイニングの入り口に彼が立っていた。

執務室で仕事中のはずだが、休憩をしに下りてきたのだろうか。

リオネルはユーグの対面に座ると、険しい表情を浮かべた。

「父上がどうしたって？　お前はなにを知っている？」

ユーグは肩を竦めた。

「陛下は病気になんてなってはいない、ということさ」

七　祖母の死の真相と王の毒

むくり、とブランシュの足元でブランが動いた。

メーベルがリオネルの紅茶と、それからブランシュたちの紅茶のお代わりを運んでくる。

ブランシュは今すぐにでもユーグを問いただしたい衝動を抑えて、メーベルがお茶の用意を終えて下がるのを待った。さすがにこれは、彼女には聞かせられない話だと思ったからだ。

「父上が病気ではないとは、どういうことなんだ」

ダイニングから使用人の姿が消えて、リオネルは改めてユーグに訊ねた。

ユーグは新しく運ばれてきた紅茶に砂糖を落としてかき混ぜながら、世間話でもするかのような気軽さで答えた。

「陛下がお倒れになってもう半年だ。それなのに、病気だということ以外の情報が開示されていない。容体についても『予断を許さない状況だ』という声明が出たきりだ。見舞いも拒否されている。殿下はこの状況について、おかしいとは思わなかったのか？」

「それは……俺は、王妃に疎まれているからな」

リオネルは王妃によって、父である国王を見舞うことすら許されなかったそうだ。

そしてその後、彼はすぐにエスポワールへやってきた。

王都から遠く離れているエスポワールには、国王の病状に関する情報は入ってこない。また、リオネルにはそれらの情報を王都から寄越してくれる腹心がいなかった。

王妃も異母弟も当然のことながら連絡してこない。

気にはなっているようだったが、日々のことに追われ、また知る術のなかった彼が、国王の病気に関して疑問を抱くことはなかっただろう。

ユーグも察しがつくだろうに、そのような言い方をするのは意地悪だと思った。

「殿下は王都にいた時にもっと味方を作っておくべきだったな」

「お兄様、それは……」

「王妃が睨みを利かせていても、本気になれば味方のひとりやふたり作るのは簡単だろう。少なくとも殿下には多少なりとも人望があるようだからな。王都にいた時に、人の心を掌握しようと動かなかったのは殿下の怠慢だ」

ブランシュはムッとした。

ブランシュはユーグのことをほとんど知らないが、彼が家にも寄りつかず魔術師団で好き勝手していたことは知っている。自由に我が道を突き進んできた兄に、リオネルのなにがわかるというのだろう。

（お父様に期待されて、お母様に愛されて、何不自由なく好きに生きてきたお兄様には、殿下の苦労も心労もなにもわかりはしないでしょう）

喉元までユーグを非難する言葉が出かかったが、机の下でリオネルに手を握られて、ブランシュはギリギリのところでその言葉を呑み込んだ。

「そうかもしれない。だが今はそれよりも父のことを教えてほしい」

ユーグは「そうだな」と頷いてティーカップに口をつける。

ユーグはリオネルを非難するような言葉を使ったが、本人に非難している気はないのかもしれないと、ブランシュはふと思った。兄はただ事実を淡々と述べているだけで、表情も、呼吸も、仕草さえもなにも乱れない。

（……自分の兄ながら、不思議な人ね）

冷静なのか、無関心なのか。

そういえば、ユーグを溺愛する母が、なにかとおせっかいを焼こうとしている時もこの調子だった気がする。直接目にしていないが、ユーグがまだ公爵家で過ごしていた時には、よく階下から母と兄の話し声が聞こえてきたものだ。

猫撫で声でやたらとユーグを構いたがる母に対して、ユーグはいつも淡々と返していた。

あの時はその温度差に驚いたなと、ブランシュは今さらながらに当時のことを思い出した。

「国王が病に臥せっているというのに、情報が少なすぎることを私は不思議に思った。少なくともどのような病気で、病状が回復しているのか悪化しているのか、なんらかの情報は定期的に発信されるべきなのにそれすらない。見舞いも受けつけない。どうしてか。それは、情報を出したり見舞いに来られたりすると、不都合が生じるからだ。誰に対する不都合かは、陛下を頑なに隠そうとしている人物以外にいないだろう」

「つまり、王妃だと？」

「私はそう考えた。そして導き出された可能性はふたつ。ひとつ目の可能性は陛下がすでに崩御していて、王妃がそれを隠しているというもの。ふたつ目は、陛下の〝病気〟に王妃がなんらかの関与をしているということ。たとえば病気に見せかけて毒を盛っているなど、かな」

「そんな……！」

ブランシュは息を呑んだ。

リオネルの、ブランシュの手を握る力が強くなる。

見れば、リオネルも目を見開いて硬直していた。

ユーグは淡々と続けた。

「もし可能性のひとつ目の方であれば、王位継承をスムーズに行うためだと推測できる。リュカ殿下は王太子だが、今の時点で遊んでばっかりで実績がなさすぎる。また、あまりよくない噂も多い。いくら王妃が補佐につくとしても、なんらかの軋轢《あつれき》は生まれるだろう。だが、王が病に倒れている間に、リュカ殿下が王の代理としてうまく国をまとめたという実績ができれば、もう少しスムーズに王位継承が行われるはずだ」

「……確かにな」

「そしてふたつ目。私はこちらの方が確度が高いと思っているが……、こちらは、陛下を生かさず殺さずの状態で寝たきりの状態に置き、その間に王妃とリュカ殿下が実権を握ろうというものだ。この場合、陛下を殺さずにおくことに意味がある。もしリュカ殿下がなんらかの失敗をしたとしても、陛下が病に臥せっているからという理由をつけてのらりくらりとかわせるだろう。実績も経験もないリュカ殿下に国をどう動かすかを学ばせるには陛下が生きてくれていた方が都合がいい。そして、陛下が政に口を出せなくなれば、これまで王妃が自由にできなかった部分においても自由が利くようになる。たとえばそう、リオネル殿下を排除する、とかね。リオネル殿下が王都で目立たないように気を付けていたとしても、やはり王妃にとっては息子の王位継承を脅かす脅威だ。邪魔者は消しておきたい。あの王妃ならそう考えるだろう。……二年半前に、おばあ様を亡き者にしたようにね」

「……え」

「なにを驚く？　まさか妹よ、おかしいとは思わなかったのか？」

ブランシュが驚愕したのが不思議だと言わんばかりに、ユーグがきょとんと首をひねった。

「どういうことだ」

リオネルの声が低くなる。

ユーグは大袈裟なくらいに肩を竦めた。

「殿下もか。君たちの頭の中は平和すぎやしないか？　よく思い出してみろ。おばあ様は死ぬ前日までぴんぴんしていたじゃないか。それなのに突然死んで、しかもそれが持病の心臓発作のせいだと発表された。ありえない。なぜならおばあ様は持病などお持ちではなかったからな。数カ月前の健康診断の結果を見たが、医者からは『いたって健康』と太鼓判を押されていた。あれはどう考えても毒殺だ」

「毒殺⁉」

ブランシュは思わず席を立った。

両手を机の上に置いたまま、口を半開きにして瞳を揺らすブランシュを見ても、ユーグはやはり冷静だった。

「それは本当なのか？」

「毒の有無について検証まではされていない。なぜならおばあ様の遺体は検死を行うことなく埋葬された。逆に言えば、不審な点があったにもかかわらず検死が行われなかったのは、それをすることによって不都合が生じる人間がいたからだ。そしてそれは、おばあ様の死因を特定せず世間的には心臓発作と公表して埋葬の指示を出した人間……王妃と、死人の体を切り刻むのはあまりにむごいと騒ぎ立てていた母上だ」

ごくりとブランシュは息を呑む。

「私の見立てでは、犯人はおそらく王妃と母上だ。あのふたりは昔からおばあ様を煙たがっていたからな。理由がなければ、おばあ様と仲が悪かった母上が、おばあ様の体を切り刻むのはむごいなどと言うはずがないんだ。むしろ率先して粉々に切り刻んだっておかしくないほどだろう。おばあ様を殺害したのはおそらくだが、死ぬ半年ほど前におばあ様が陛下に、次期王にはリオネル殿下をと進言していたと聞いたから、それではないかと推測する。それが本当ならば、王妃がおばあ様を殺害する動機には充分だ」

「そんな……」

（お母様も……？）

ブランシュは茫然と視線を落とす。

大好きな祖母の死が、実は毒殺で、それに実の母親が関与していたかもしれないと教えられて、ブランシュは大混乱に陥った。

憤り、絶望、悲しみ……。それらの感情が混じりに混じって、頭の中がぐちゃぐちゃしている。

ユーグは、どうして冷静でいられるのだろう。ユーグにとってもシャルリーヌは祖母で、そして祖母を殺したのは実の母親である。

「………許せない」

行き場のない感情が、ぐるぐると胸の奥でとぐろを巻いていた。

「許せない、許せないわ！　そんなの、絶対に許せない‼」

行き場のない感情をぶつけるように叫べば、リオネルが立ち上がり、そっとブランシュを抱きしめてくれた。ブランシュはリオネルに抱き着いて、荒い息を繰り返す。

ブランシュの背を宥めるように叩きながら、リオネルがユーグに訊ねた。

「ユーグ、なぜお前は冷静でいられるんだ。実の祖母だろう」

「怒ったところでなんになる。人を毒殺することは確かに罪だが、権力の前ではその罪ももみ消される。おばあ様の死が〝心臓発作〟と発表されたようにな。権力者が相手であれば、司法なんてあってないようなものだろう。勝ち目もないのに騒ぎ立てるのは馬鹿がすることだ」

そこまで言って、ユーグは初めて表情を少しばかり動かした。昔を思い出すような、どこか懐かしそうな表情だった。

「……おばあ様のことは好きだったよ。少なくとも、うるさいだけの母上よりはるかにね。王妃が絡んでなければ……母上の独断であれば、多分この手で裁いていたさ。母上ひとりなら私の力でどうにでもなる」

「お兄様……」

ブランシュはリオネルの胸から顔を上げた。

淡々と――冷たいように見えるユーグも、胸の中になにかを抱えて生きているのだと、ブランシュは唐突に理解した。祖母の死の真相に気付いていながら誰にも言えず胸に秘め続けてきたユーグの心情は、ブランシュには推し量れない。

ユーグは冷静なのではなく、冷静であらねばと自分を律しているのではないかと、兄のわずかに寄せられた眉間の皺を見て思う。

「陛下のことにしたってそうだ。ただ騒ぐだけなら見ないふりをしろ。それが賢明な生き方だ」

「もし本当に毒が盛られているのなら、王の命がかかっているんだぞ⁉」

「そうであっても、ただ騒いで罪に問える相手ではない。権力者の罪を糾弾するならば、それ以上の権力を自分が手にする覚悟が必要だ。ものの道理や理論を振りかざしたところで権力の前では芥《あくた》に等しい。世の中は理不尽だ。そんな理不尽に抗うには、今の殿下では足りない。争う覚悟もなく言われるがままに辺境に追いやられた殿下には、なにもできないだろう」

ユーグは紅茶を飲み干すと椅子から立ち上がった。そのままふらりとダイニングを出ていく。

「……殿下」

見上げればリオネルは唇を引き結んでいて、そんな彼にかける言葉が思いつかない自分自身が、ブランシュはなによりも悔しかった。


夕食を終えて寝室に引っ込んだブランシュは、リオネルが風呂から上がるのを待っている間、ソファに座ってぼんやりと考え込んでいた。

「ねえブラン、お兄様が言ったこと、どう思った？」

なんとなく第三者の意見が聞いてみたくて、また、長きを生きるブランなら的確な意見をくれるような気がして訊ねると、ブランはブランシュの膝に顎をのせて答えた。

「ブランシュには悪いが、オレはユーグの意見が間違っているとは思わなかった。人間とはそういうものだ。理不尽に対抗するなら、それに対抗できる理不尽な権力がいる。権力を前に人間は無意味だと、オレは百五十年前に聖女を殺された時に知った。その時、オレは怒り任せに聖女を殺した王族の男を殺したけど、後には虚しさしか残らなかった。あの男を殺したところで聖女が生き返るわけでもない。だからオレは、なにもかもが嫌になって眠りについたんだ」

「そう……嫌なことを思い出させてごめんね」

ブランシュはブランの頭を撫でて、小さく息を吐く。

納得したくないけれど、ユーグの言ったことはある意味正しい。

ユーグの出した可能性はふたつ。ひとつはすでに国王ジョナサンが崩御しているかもしれないというもので、もうひとつは毒を盛られて動けなくされているかもしれないというものだ。

そしてどちらも推測で、証拠はない。

王妃を糾弾するには事実確認と証拠が必要で、そして王妃を追い詰めるだけの権力が必要だ。

(権力というより、覚悟かしら。……王妃を糾弾するということは、殿下は否が応でも権力に手を伸ばすことになるもの)

ユーグは、『今の殿下では足りない』と言った。

あの言葉がなにを意味しているのかは、ブランシュにもわかる。

足りないのは覚悟だ。すべてを背負う覚悟。

でも、ブランシュは、これまで苦しんできた彼にそんな覚悟を背負わせたくない。

ユーグは無理だとは言わなかった。ブランシュも無理だとは思わない。

王が崩御しておらず毒が盛られている状況で、回復の見込みがあれば、リオネルの覚悟次第で勝ち目はある。

リオネルもそれに気付いていると思う。——そしてその覚悟に手を伸ばさなかった場合、近い将来訪れるであろうことにも。

「ブランシュ。お前が祖母の敵を討ちたいというのなら別だが、そうでないなら、これはリオネルの問題だ。あいつが答えを出すまで、黙って見ているのが正解だと思う。外野が余計なことを言うと惑わせるだけだ」

「……そうね」

祖母の死の真実は少なからずブランシュに衝撃を与えた。腸が煮えくり返りそうなほど腹が立つし、実の母が関与していると知って絶望を覚える。これがリオネルと結婚しエスポワールに来る前であれば、もしかしたら母に殺意を抱いていたかもしれない。でも今は、リオネルが心配で——祖母の死に対する復讐とか、敵討ちとか、そういったことにまで頭が回らない。

バスルームへ続く扉が開く音がして、ブランシュが顔を上げると、濡れた髪をタオルで拭きながらリオネルが寝室に入ってきた。

その顔に笑顔はなく、思い詰めたように眉根が寄せられている。

しばらく見ていなかったリオネルの難しい顔に、ブランシュは心配になったけれど、かける言葉を思いつかなかった。

髪を片手で拭きながら、リオネルが水差しからコップに水を入れて、それを持ってベッドの縁に腰を下ろす。

ふたりで同じベッドを使うようになって、ブランシュとリオネルの間には昨日までは恥ずかしいような照れるようなぎこちない空気が漂っていたのに、今日はそれもなかった。

ブランシュがソファから立ち上がってリオネルの隣に座ると、なにも言わず、彼がブランシュの肩口に額をつける。リオネルが髪を拭うのをやめたので、彼の代わりにタオルで髪を拭いてやると、リオネルは黙って目を閉じた。

「殿下……今日は疲れましたから、早く寝ましょう」

起きていると頭を悩ませるだろう。疲れた顔をしているから早く休んでほしい。

タオルで髪のしずくをしっかりと拭った後でブランシュが誘えば、リオネルはようやく顔を上げて「ああ」と頷いた。

部屋の灯りを落とし、ベッドにもぐり込む。

いつもブランシュとリオネルの間に陣取るブランは、今日はベッドの足元で丸くなった。

「おやすみなさい、殿下」

ブランが間にいないせいか妙に近くに感じるリオネルに就寝の挨拶をすれば、リオネルがやおら腕を伸ばして、ブランシュを腕の中に抱き寄せた。

ブランシュは息を呑んだが、それ以上のことが起こるわけでもなく、ただ抱きしめられる。

眉根を寄せ、無言でブランシュを抱きしめるリオネルの心の中には、どれほどの悩みと葛藤があるのだろうか。

(わたしには、寄り添うことしかできないけど……)

もし、ブランシュを抱きしめることでリオネルが少しでも落ち着くのならば、黙って彼の腕の中にいよう。

「……おやすみなさい」

ブランシュはもう一度繰り返して、リオネルの腕の中で目を閉じた。

☆

すーっと腕の中から規則正しい寝息が聞こえはじめて、リオネルは目を開いた。

つい抱き寄せてしまったけれど、なにも言わずに腕の中にいてくれるブランシュの存在がありがたい。

柔らかい金色の髪を撫でれば、「ふふ」と小さく笑う声がする。起こしてしまったかと思ったが、どうやら寝言だったようで、リオネルはホッとした。

（……俺はどうしたらいいんだろうか）

王妃が身勝手な人間であるのは昔から承知していたが、ユーグの話が本当ならば、王妃の身勝手さはリオネルの想像をはるかに超えていた。

（大叔母が毒殺され……父上にも毒が盛られているかもしれないなんて……）

シャルリーヌはリオネルにとってもブランシュにとっても大切な人だった。そして父が生きていて、今なお毒が盛られ続けているのならばこのまま見て見ぬふりをすることはできない。

しかし、ユーグの言った通り、リオネルになにができるだろう。

ユーグの『理不尽』という言葉はよくわかる。

リオネルは生まれてこの方、ずっと理不尽にさらされてきたからだ。

そしてなにもしなければ、この先もその理不尽は続くだろう。ようやく上向いてきたエスポワールも、この地の領民たちも、そしてブランシュさえもその理不尽に巻き込まれるかもしれない。

いや、すでにブランシュは巻き込まれようとしていた。リュカがブランシュを欲しているのだ。

――この腕の中の、愛おしい存在を奪われるのだろうか。リオネルはその理不尽を黙って受け入れるしかできないのだろうか。そんなこと、耐えられるだろうか。

「ブラン、お前ならどうする?」

ふと、足元に寝そべっているブランへ問いかけていた。

かつて大切な聖女を奪われた聖獣なら、なにか答えをくれるのではないかと思ったのだ。

けれどもブランは、なにも返さない。眠っているのかそうでないのかわからないけれど、リオネルはその沈黙が彼からの答えだと悟った。

(自分で考えろということか……)

理不尽に抗うか、受け入れるか。

リオネルは腕の中のブランシュをぎゅうっと抱きしめて、目を閉じた。

☆

「奥様、お手紙が届いております」

ロバータが手紙を持ってきたのは、翌々日のことだった。

朝からブランの背に乗って、塩田の様子を見に行って帰ってきたブランシュは、ダイニングで水を飲んでひと息ついているところに手紙を持ってこられて首をひねった。

思うに、エスポワールに来てから手紙を受け取ったのは初めてのことだ。——いや、王都にいた時からブランシュ宛てに手紙が届いたためしがなかったので、正しくは人生で初めての手紙である。

不思議に思いながら封蝋を確認したが、考えてみたら貴族が封蝋に押す刻印も知らないので見たところで差し出し人はわからない。

とりあえず封を切ってみるかと、ロバータからペーパーナイフを受け取った時、暇そうなユーグがダイニングに顔を出した。

「ああ、リュカ殿下からみたいだな」

ひょいとブランシュの手元の手紙を覗き込んで、なんてことないような口調で言う。

「え？　この手紙、リュカ殿下からなんですか？」

「この封蝋の刻印はリュカ殿下のものだ」

ブランシュは、途端に封を切るのをためらった。

ブランシュはリュカと面識がない。けれども、ユーグを通して彼がブランシュを妃に迎えようと考えていると知っているので、彼からの手紙を読むのがちょっと怖い。

悩んでいると、ユーグがブランシュの手から手紙を奪い取って、さっさと封を切ってしまう。

「あ……！」

「睨んでいたら手紙が消えてなくなるわけでもないだろう？」

そうかもしれないが、覚悟を決めるまで待ってくれてもいいのではないか。ブランシュはユーグを軽く睨んだが、もちろん兄はその程度のことなど痛くもかゆくもないようだ。

「招待状だな」

「招待状？　え？　なんのですか？」

「王城で開かれるリュカ殿下の誕生日パーティーの、だな。お前は参加したことがないので知らないだろうが……」

言われてみれば、夏の終わりに両親そろって出かける日があった気がする。両親は、貴族にありがちな政略結婚で、夫婦関係は冷めていたので、社交シーズン以外で連れ立って出かけることはあまりない。だからなにか特別な用事があるのだと思っていたが、リュカの誕生日パーティーだったようだ。

「招待状と言いながら命令だ」

「ここから王都に戻るだけで二カ月くらいかかりますよ」

「だから、二カ月後だ。ほら。今年はわざわざ誕生日から遅れて行うらしい」

ユーグに渡された手紙を見れば、開催日は確かに二カ月後になっている。

（エスポワールの聖女を招待するためにパーティーの開催をずらすって書いてあるわ……）

これではどうあっても断れない。というか、断ったら最後、リオネルの立場が悪くなるのは必至だ。差出人はリュカだが、背後には王妃がいる。王妃にリオネルを非難する材料を与えてはならない。

（でも、リオネル殿下が参加するのは……無理だわ）

リオネルは葛藤のさなかにある。王都のパーティーに出席できるような精神状態ではない。

既婚者であるブランシュがパーティーに参加するなら夫であるリオネルとともに参加するのが普通だが、彼に無理はさせられない。

(言えば、気にして一緒にって言ってくれるでしょうから、言えないわ)

ブランシュはしばらく悩んで顔を上げた。

「お兄様、協力してほしいの」

八　王太子からの招待と覚悟

「旦那様、秋から冬にかけての作付けスケジュールをお持ちしました」

執務室で報告書に目を通していると、アンソニーが新たな書類を持ってやってきた。

途端に、アンソニーはむわっとした執務室の熱気に眉根を寄せて、慌てて窓に駆け寄る。

「旦那様、こんな暑さの中で仕事をしていたら倒れてしまいますよ」

「あ、ああ……そうだな」

リオネルは室温の高さに今気が付いたとばかりに顔を上げ、それから全身に汗をかいていることを知ると、机の上に投げてあった空のコップに魔術で水と氷を生み出す。

水を一気にあおった後で、魔術で風を起こし、部屋の空気を循環させた。

「少し休憩なさいませ。奥様がお出かけになってから、旦那様は働きすぎのように見受けられます。水を浴びるとさっぱりしますよ」

「……そうするか」

自覚すると、汗で張りつく服は不快なものだ。

執務室を出て、つい五日前までブランシュと使っていた寝室へ向かう。

アンソニーが気を利かせてバスルームの準備をするように言ってくれたのか、着替えを用意している間にメイドたちが浴槽に水を張ってくれた。

バスルームで頭から水をかぶって、ふうと息を吐く。

「……ブランシュは、大丈夫だろうか」

ブランシュが兄のユーグを伴って王都に旅立ったのは五日前。

なんでも、シャプドレーヌ公爵家から呼び出しがあったそうだ。

ユーグはともかく、ずっと邸の中に閉じ込めて放置していたブランシュが呼び出されるのには違和感があったが、彼女は今や聖女の肩書を持つ国で唯一の存在だ。公爵家にとっては隠しておく存在ではなくなった。手のひら返しには腹が立つが、わからないでもない。

リオネルが水を浴びていると、ブランが浴室に入ってきた。くいっと顎をしゃくられたので水をかけてやると、気持ちよさそうに双眸を細める。

（こいつも妙に機嫌が悪いからな）

ブランはブランシュについていくと言ったが、大きな狼を――それも、聖獣を連れて王都に帰れば大騒ぎになるからと、ここに置いていかれたのだ。

ブランの気が済むまで水をかけてやり、それからバスルームを出ると、シャツのボタンを中途半端に留めて、リオネルはごろんとベッドに横になった。

全身を震わせて水を飛ばしたブランも、当たり前のようにベッドに飛び乗る。

ブランは、ブランシュがいないと静かなものだ。

（……ああ、頭が痛いな）

仕事をしている時は感じなかったのに、横になると急に頭痛が襲ってくる。

ブランシュが旅立ってから、あまり眠れていないからかもしれない。

鉛のようにのしかかってくる疲労感に抗えず、リオネルは目を閉じる。

（どうしてだろう、頭が回らない……）

大叔母シャルリーヌのこと、父のこと――ユーグに指摘されてからずっと考えているのに、リオネルはいつまで経っても自分の答えを見つけられずにいた。

リオネルひとりなら、まだ答えは出しやすかっただろう。けれども今のリオネルはひとりではない。リオネルが下した決断に、妻であるブランシュは否が応でも巻き込まれてしまう。

大叔母を毒殺し、父に毒を盛っているかもしれない王妃が許せない。

異母弟にブランシュを奪われたくない。

父を助けたい。

この三つの感情は明確に自分自身の中に存在しているのに、そこから先へ進めない。

閉ざした瞼の裏に、大叔母シャルリーヌの姿が現れる。

――リオネル。あなたが王になりなさい。

シャルリーヌは生前、リオネルを前に言ったことがある。

王位を望め。ならば自分が後ろ盾になると。

しかしリオネルは望まなかった。当時のリオネルは母を失い、父と大叔母を除いて、誰も信用することができなかった。誰も信じられない自分に、王が務まるとは思えなかったのだ。

自己の利益しか考えられない権力者たちに辟易していたのもある。

権力闘争も、くだらない騙し合いも、取り繕っただけの笑顔も、なにもかもに嫌気がさしていた。

それは今でも同じだ。

ブランシュやエスポワールの住人たちのおかげで、リオネルは以前よりも人を信じ、頼ることができるようになった。けれど、王都に帰ったら、少し前の自分に戻らないとどうして言える？

利己的で身勝手な貴族を御してこその君主だと父ジョナサンなら言うだろう。

けれど、そんな魔窟で、精神をすり減らしながら生きていく人生を選びたいとは思えなかった。

ましてや、それを手に入れるために苦労するのならばなおさらだ。

欲しくもない地位を手に入れるために四苦八苦したいとは思わない。――そう思う気持ちも、まぎれもない本心だ。

（でもそうすれば、いずれブランシュも……そして父上も失うだろう）

自分の命すら危うくなって、エスポワールも奪われるかもしれない。

そうなったらどうなるだろうか。

ブランは再び眠りにつくのだろうか。

そうするとこの地はまた絶望の地に戻るのだろうか。

ブランシュも、父も、エスポワールも——リオネルが大切に思うすべてが、リオネルの決断ひとつで絶望に変わる。

（いつまでも悩んでいられない……）

こうしている間にも、父は苦しんでいるかもしれない。

リオネルは大きく息を吸って、ベッドから起き上がる。

迷いが完全になくなったわけではない。まだ迷っている。

けれど、どうするのが最善かなど、リオネルはとっくにわかっていた。

「ブラン、俺は王都に向かおうと思う。王都で、父上がどうなっているのかを探り、王妃が本当に父上に毒を盛っているのならば糾弾するための材料を集めるんだ」

話しかけたところでどうせ返事はないだろうと思いつつ言うと、ベッドの上に寝そべっていたブランが顔を上げた。

「ならば急ごう。俺が連れていってやる」

リオネルは驚いた。

「いいのか？」

「ああ。俺が運ばなければブランシュには追いつけない」

「だが、ブランシュは、公爵家に呼ばれたんだろう？　俺が一緒には行けないんじゃないのか？」

シャプドレーヌ公爵夫人は王妃と仲がいい。下手にシャプドレーヌ公爵家に近付くと、リオネルの動きが筒抜けになるだろう。ブランシュと合流するにしても、彼女が公爵家での用事を終えた後にした方がいいのではないかと思っていると、ブランがふんと鼻を鳴らした。

「ブランシュが実家に呼び出されたって本当に信じていたのか？　それだけのために、忙しいこの場所を離れるはずがないだろう。ブランシュが王都に向かったのは別の用事だ」

ブランはベッドから飛び下りると、続き部屋から一通の手紙をくわえて持ってきた。

それを、無造作にベッドの上に放る。

「呼び出しがあったんだ。リュカとかいう王太子からな」

☆

（リオネル殿下、大丈夫かしら？）

宿の窓から星を眺めつつ、ブランシュはそっと息を吐き出した。

何十万、何百万個と集まり青銀色の光の帯のようにまとまって見える星々を眺めていると、同じような輝きの髪を持つリオネルを思い出してしまう。

エスポワールを旅立ち十日。

まだたった十日だ。

それだけしか経っていないのに、星を見るたびにリオネルを恋しく思うなんてどうかしている。

ユーグが来てからは特に、リオネルと夜をともにしていたからだろうか、彼がそばにいないことが寂しくて仕方がない。

ユーグに口裏を合わせてもらい、リオネルをエスポワールに残してリュカの誕生日パーティーに出席すると決めたのは自分なのに、十日離れただけでこの調子なんて先が思いやられた。

（しっかりしなさい、ブランシュ。あなたにはやることがあるでしょ？）

ブランシュは自分自身を叱咤し、窓にカーテンを引く。

リュカの誕生日パーティーは欠席できないものだったが、ブランシュはなにも、誕生日パーティーに出席するためだけに王都へ向かうのではない。

リュカから招待があったのだから、誰にも怪しまれずに王都へ向かえる。それを利用して、シャルリーヌの件と、それから国王の様子を探るのだ。

ユーグの見立てでは、国王に毒が盛られている可能性が一番高いという。

その証拠を探し、集め、リオネルが決断した後ですぐに動ける準備を整えるのだ。

（リオネル殿下は、絶対に決断するはずだもの）

思いもよらなかった展開に、リオネルは悩んでいる。

けれど、必死にエスポワールの領民を救おうとしたように、きっと彼は父親のために立ち上がる。リオネルはそういう人だ。ブランシュはそう信じていた。

だったらブランシュはリオネルの妻として、できることをするのだ。

ユーグはリオネルに黙っていたが、リオネルが決断した場合、彼が使える人間がいる。

それは、ユーグが所属する魔術師団だ。魔術師団は現王ジョナサンに忠誠を使っている。そして、ジョナサンが臥せった後、我が物顔で国を動かそうとしている王妃に辟易していた。

もともと魔術師団は、実力主義の集団だ。身分が高いからといって重用されるわけではない。たとえ元平民の準男爵であろうとも、実力があればトップになれる、そういう集団だ。

だからこそ権力には媚びない。

バゼーヌ国が魔術至上主義なところがあるからこそ許される、ある意味自由な集団だ。

そんな彼らは、ジョナサンが倒れてからというもの、どうにかしてジョナサンが置かれている状況を把握しようと努めてきた。

ユーグはジョナサンが死んでいるか毒を盛られて動けなくされているかのどちらかだろうと言ったが、なにもこれはユーグ個人の判断ではない。

ジョナサンが倒れてから半年、少ない情報をかき集めながら調査した魔術師団全体の意見だ。

ユーグがリュカの命令を聞いた形でエスポワールに来たのは、リオネルの様子を探って、焚きつける意味合いもあったのだ。

動かないならそれまで。

けれどリオネルが決断し、動くならば魔術師団はリオネルにつく。

小さな違和感からそこにたどり着いたブランシュは、ユーグを問い詰め、白状させた。

ならばリオネルが決断するその時まで、ブランシュが彼の代わりに動くまでだ。

(わたしだって他人事じゃないもの。……おばあ様の敵は、許しておけないわ)

たとえそれに実の母親が関わっていたとしても、ブランシュに容赦するつもりはない。

ユーグはすでに、魔術を使って魔術師団に連絡を入れてくれている。

あとはブランシュができるだけ早く王都へ入って、リュカの誕生日パーティーまでに可能な限り情報を集め、整理し、リオネルが動くその時に備える。

「明日もできるだけ長距離を移動したいから、早く休みましょう」

朝早くから夜遅くまで移動時間に使って、距離を稼ぐのだ。

ブランシュがベッドにもぐり込んだ時だった。

「うわあああああああ‼」

突如、外から大きな悲鳴があがって、ブランシュは飛び起きた。

魔物でも出たのだろうかとカーテンを開けて窓から外を見下ろしたブランシュは、暗闇に淡く浮かび上がる白い巨体を見つけて息を呑んだ。

「ブラン……と、殿下!?」

そこには、ブランと、彼の背に乗ったリオネルがいた。


それほど大きくない宿は、瞬く間に阿鼻叫喚《あびきょうかん》の渦に包まれた。

それはそうだろう、見たこともないほどの巨大な狼が現れれば、命の危険を感じて大混乱に陥ってもおかしくない。

慌てて宿の玄関に向かったブランシュは、宿に泊まっている人間や従業員の混乱ぶりに宿の中に入るに入れず困った顔をしているリオネルに駆け寄った。

「殿下！　ブランも、どうしたんですか!?」

一緒に行きたいとごねたブランを連れてこなかったのは、こうした混乱が生まれる危険を考えてのことで、ブランも納得してくれたはずなのに、なぜついてきたりしたのだろうか。

「ブランシュ！」

「わわ！」

リオネルはブランの背中から飛び下りると、彼に駆け寄ったブランシュをぎゅうっと抱きしめる。

問い詰めようとしたのに抱きしめられて、ブランシュは目を白黒させた。

「あの、殿下……」

ぽんぽんと背中を叩くも、腕の力は緩まない。

どうしたものかと思っていると、ブランが襲いかからないとわかって遠巻きにこちらを眺めていた人たちに対して、ブランがくわっと大きな口を開いた。

「おい、見せもんじゃねーぞ」

「うわあああああ‼」

ブランがしゃべったせいで、再び大きな悲鳴があがる。会いたいと思っていたリオネルとの再会なのに、ブランシュは感動に酔いしれる暇もなく頭を抱えた。

その頃になって、ようやく眠そうにあくびをしながらユーグが玄関に顔を出して、あの狼は聖獣で人に噛みついたりしないと説明に回ってくれたが、『聖獣』と聞いた人々はまたパニックになってしまって、ブランシュは逃げるようにブランとリオネルを連れて宿の部屋に入る。

すると、ブランシュがいればたいていそばから離れないブランが、珍しくユーグの部屋で休むと言い出した。

ブランの巨体が部屋に入ると圧迫感がすごいので、ユーグは嫌そうな顔をしたけれど、ブランは問答無用で隣のユーグの部屋に入っていく。

部屋にふたりきりになったブランシュは、途端に落ち着かない気持ちになった。

リオネルはブランシュを抱きしめるのはやめてくれたが、まるで逃がすまいとするようにギュッと手が繋がれていたからだ。また、城の寝室ではブランが常にいたので、夜に、寝室でリオネルとまったくのふたりきりは初めてである。

狭い部屋には椅子がひとつしかないので、ブランシュとリオネルは自然とベッドの縁に腰を下ろした。

「あの、殿下、どうしてここに……？」

黙っているのも気まずくて問えば、リオネルが真剣な顔で見下ろしてきた。

「ブランから、ブランシュがリュカの誕生日パーティーに出席すると聞いたんだ」

「……聞いちゃったんですね」

ブランには口止めしておいたのに、しゃべってしまったらしい。おしゃべりな聖獣だ。

「どうして教えてくれなかったんだ」

「教えたら、殿下も一緒に来るって言うと思って」

「当たり前だ」

リオネルは即答する。

彼は彼自身の悩みでいっぱいいっぱいのはずなのに、リオネルならそう言うと思っていた。だから言えなかったのだ。

（わたしが情報収集しようとしていることも言えないし……）

ブランシュが陰で情報を集めていると知ったら、リオネルにプレッシャーをかけてしまう。それはしたくない。ブランシュはリオネルがいずれこの問題に立ち向かう決断をすると思っているけれど、急かしたいわけではないのだ。彼には自分自身に向き合う時間が必要だろう。

ブランシュはそっとリオネルを仰ぎ見る。

十日前の彼は眉間に深い皺を刻んで思い詰めたような顔をしていたけれど、今のリオネルにはそれがない。まるで吹っ切れたような顔をしている。

（……考えがまとまったのかしら？）

気になるけれど、それをブランシュから訊ねてはダメな気がした。

短い沈黙が落ちて、リオネルが一度唇を舐めてから口を開く。

「ブランシュ。最初に、君に謝らせてくれ」

唐突に謝罪をすると言われて、ブランシュは目を丸くした。

「どうしたんですか、急に」

「急じゃない。結構前から考えていたんだ。ただ、なかなか言い出せなくて……」

リオネルはブランシュの両手を包むように握った。まっすぐにこちらを見つめる紫色の瞳が真剣な光を帯びていて、ブランシュはドキリとしてしまう。

「君に謝罪を。……あの日、君がエスポワールに到着した夜、俺はブランシュにひどいことを言った」

「ひどいこと？」

「女にかまけている暇はないと、言っただろう？　俺が申し込んで結婚してもらったにもかかわらず、だ。本当に、自分勝手だった」

（ああ、そのことね）

リオネルは悄然《しょうぜん》としているが、ブランシュは正直言ってあまりピンと来なかった。

あの日はリオネルの言葉よりも彼の顔色の悪さが気になっていたし、なにより自由を与えられたことに舞い上がっていて、夫になった男の言葉はさほど心に響かなかったのだ。

（……って、考えてみたら、わたしも大概ひどいわね）

つまりあの日、ブランシュはリオネルに夫としての役割をなにも期待していなかったことになる。

自由を与えてくれた親切な人、くらいの認識だ。リオネルと同じくらいにブランシュもひどい。

しかし、あの日ブランシュもまったくリオネルに興味を示していませんでしたから――などと言おうものなら、目の前の彼へさらなる打撃を加えてしまいそうな気がした。これは黙っておくに限る。

「あの、殿下、あの日のことは気にしていませんから……」

「しかし、君を傷つけた」

「だ、大丈夫ですよ」

（全然傷つきませんでしたから……なんて言えない……）

リオネルが言葉を重ねれば重ねるほど、ブランシュの背中に嫌な汗が流れる。リオネルに両手を握られているドキドキもどこかへ吹き飛んだ。これ以上この話題はまずい。

もしも今同じことを言われたら、ブランシュはあの日よりもずっと傷ついただろう。けれど、あの時は本当になんとも思わなかったのだ。彼が追い詰められていたこともわかるし、謝罪の必要はどこにもない。

リオネルはどこか釈然としない顔になって、「そうか？」と頷いた。

もしかしてリオネルは、ブランシュから彼をなじるような言葉のひとつやふたつ、言われると思っていたのだろうか。

リオネルは気を取り直したように咳ばらいをして、続けた。

「君がリュカの誕生日パーティーに行くと聞いて焦ったんだ。もしかして君は、リュカの妃になりたいと思っているんじゃないかって、変な想像までしてしまった」

「まさか！」

（わたしがリュカ殿下の妃になりたい？　ありえないわ！）

「わたしはリュカ殿下の妃なんて嫌ですよ！　だいたいわたしはリオネル殿下の妻ですし」

「そうか……」

リオネルはホッと息を吐き出し、それから大きく息を吸い込んで言った。

「ブランシュ。今から君に相談したいことがあるんだが、その前に言わせてくれ。これを言わないと、俺自身先に進めない気がするし、けじめは必要だと思う」

「わ、わかりました……」

改まった声。真剣な顔。

それに加えて、ブランシュの手を握りしめているリオネルの手のひらがとても熱く感じられて、ブランシュの鼓動が再びドキドキと高鳴りはじめる。

リオネルは、目じりを赤く染めて、小さく笑った。

「ブランシュ。俺はブランシュが、好きだ」


ブランシュは息を呑んだ。

リオネルの綺麗な紫色の瞳の中に、驚いた顔のブランシュが映っている。

「あ……」

なにか言わなくてはと思うのに、頭が真っ白でなにも出てこない。

握られた手から伝わるリオネルの熱がブランシュの全身を駆け巡る。

そのせいだろうか。熱に浮かされたように頭がぽーっとしてきた。瞳が、じんわりと潤んでいく。せわしなく瞬きを繰り返して、ブランシュはどうにか冷静になろうとするが無理だった。

ブランシュはリオネルが好きだ。

けれども彼から同じ気持ちをもらえるとは思っていなかった。

窓の外から響く虫の声と、自分の鼓動がやけに大きく聞こえる。

どのくらいの間、ブランシュはなにも言えず押し黙っていただろう。

リオネルはブランシュが黙っている間、少し赤い顔で、ただ優しく微笑んで待っていてくれた。

どこか余裕そうに見えるけれど、リオネルが緊張していることは、汗ばんでいる彼の手のひらから伝わってくる。

一分一秒がひどく長く感じられて、ブランシュはもう何時間もこうしているような錯覚を抱いた。

「……わたし」

言わないと、という焦りがブランシュの口を動かす。

言わないと。伝えないと。

今を逃せば、永遠に口にできないかもしれないと、ブランシュはカラカラに乾いた喉で必死に言葉を紡いだ。

「わたし、も……リオネル殿下が、好きです……」

それだけ言うのに、一生分の勇気を使い果たした気がした。

バクバクと大きく激しく打つ鼓動に、息苦しくなってくる。固唾を飲んでリオネルの反応をうかがっていると、リオネルがふわりと、ブランシュが今まで見た中で一番綺麗な笑みを浮かべた。

「ブランシュ……」

握っていた手をほどき、リオネルがブランシュを抱き寄せる。

ぴたりとくっつくと、ブランシュよりも速いリオネルの鼓動の音が聞こえてきて、想像以上に彼が緊張していたのだと驚いた。

ブランシュの名前を呼びながらリオネルがこめかみに口づけて、ふわりと柔らかい金色の髪を優しく撫でてくれる。

「よかった……。好きじゃないと言われたらどうしようかと……」

耳元で囁くように言われるから、頭の中で直接リオネルの声が響いているような錯覚を覚える。

おずおずとブランシュもリオネルの背中に手を回し、彼に寄りかかった。

リオネルがブランシュにぴたりと頬を寄せて、指先でうなじのあたりを撫でる。

くすぐったくて肩を竦めれば、くすくすとリオネルの笑い声がした。

うなじをくすぐるのをやめて、今度はくるくるとブランシュの緩く波打つ金髪を指に巻きつけて遊びだす。それからまたこめかみや、つむじのあたりに口づけられて、その後で一度体を離したリオネルが、ちゅっとブランシュの頬にキスをした。

「――っ」

真っ赤になると、リオネルはまた笑って、ブランシュをぎゅうっと抱きしめる。

心臓がさらにせわしなく鼓動を打ちはじめたが、ブランシュがすでにいっぱいいっぱいになっていることに気が付いているのか、リオネルはそれ以上の口づけはしてこなかった。

（不思議……ドキドキするのに、すごく安心する）

心を通じ合わせて、こうして抱きしめ合っていることに恍惚と目を閉じたブランシュは、ややしてハッと顔を上げた。

（そうよ、殿下は相談したいことがあるって言わなかった？）

このままなにも考えずにくっついていられたら幸せだが、ブランシュをわざわざ追いかけてきたくらいだ、重大な相談があるに違いない。

「あの、殿下……相談って？」

ブランシュがリオネルの腕の中で顔を上げ、訊ねると、彼は残念そうな顔をした後で苦笑した。

「そうだった。君とずっとこうしていたいけど、それはすべてが片付くまで我慢しよう」

リオネルはブランシュを解放すると、先ほどとは少し違う真剣な顔をした。

「ブランシュ、俺は、リュカから王太子の地位を奪おうと思う」

☆

リオネルが宣言した後、ブランシュは慌ててユーグを呼びに行った。

ふたりきりでなくなったことが残念だが、確かに今からする話はユーグにも聞かせた方がいいだろう。

ユーグのみならずブランまでやってきて、室内はぎゅうぎゅうになってしまったけれど致し方ない。防音のために窓を閉めたせいでなお暑く、ユーグが魔術で室内に風を起こした。

（ブランシュがさほど驚かなかったところを見ると、俺がこの判断をするのは想定内だったんだろうな）

リオネルはうじうじと悩み続けていたのに、ブランシュはリオネルが最終的にどう動くかわかっていたのだろう。信じてくれていたのだ。それが少しくすぐったい。

王妃を糾弾し、国王を救出するためには、リオネルはリュカを追い落とし自身が王太子になる決断をするしかなかった。

権力者とやり合うには権力が必要だ。それに手を伸ばさずして、欲しい結果は得られない。

ただし、父の容体がわからない今の状況では、リオネルが決断したところで不利な状態にあることは変わらなかった。

リオネルの決断は、失敗すれば自身の命であがなうことになるだろう。

その時に妻であるブランシュは否が応でも巻き込まれる。

もちろんリュカがブランシュを狙っている以上、彼女は命までは取られることはないかもしれないが、彼女の人生を大きく左右するという点では同じだった。

（けれど、なにもしなくてもいずれ俺は殺されるだろう。なにかしらの理由をつけられて。そしてブランシュは、リュカに奪われる）

だったら覚悟を決めるべきだ。

味方がいない以上、父の救出と王妃を糾弾する証拠探しは自分たちで行わなければならない。極めて厳しい状況だが、賛同してくれるかとブランシュに問えば、彼女は小さく笑って頷いた。

「もちろんです。それに、殿下の味方はいますよ。魔術師団の方々です。お兄様に動いていただきました」

「魔術師団が？」

リオネルが驚くと、ユーグが肩を竦める。

「もともと魔術師団は、王妃の動向を探っていた。きっかけはおばあ様の死だ。あまりに不自然だったため、私がこっそり調べ回っていたのが団長に見つかり、そこから少しずつ王妃を探るようになった。そして半年前、陛下が倒れ、私たちはそれが王妃の仕業であろうと確信し、陛下がすでに死んでいるか、もしくは毒を盛られて動けなくされているかのどちらかだろうという結論に至った。だが、そこまではわかっても、魔術師団の力だけでは陛下を助け出すまではできない。……王妃とやり合えるだけの力を持った人間が必要だ」

つまり、ユーグは端からリオネルを焚きつけるつもりだったのだ。

リオネルはあきれたが、ユーグに教えられなければ真実に気付けずにいたのは間違いない。

ユーグに悪びれた様子がないのが少々癪ではあるが、魔術師団が味方につくのならばこれほど心強いことはなかった。

「人間はまどろっこしいな。犯人だってわかっているのなら、問答無用で捕らえるなり切り捨てるなりすればいいのに。ブランシュが望むなら、オレがひと噛みしてやってもいいよ」

人間の些末《さまつ》な権力闘争は、聖獣ブランにはまったく興味のないことなのだろう。どこかつまらなそうに、それでいて少しだけおもしろそうに色の違う瞳をきらりと輝かせて、ブランがブランシュを見た。

「ブラン、さすがにそれはまずいわ。王妃様に噛みついたりしたらブランが捕まっちゃうわよ」

「人間がオレをどうこうできるはずがないよ、ブランシュ。むしろさくっとオレが王妃と、ついでにブランシュにちょっかいを出そうとしているリュカって王太子を殺せば、話は極めて単純になると思うけど」

「聖獣の言い分には一理あるな。確かにそのふたりがいなくなればとても話は早い」

「お兄様！　ブラン、ダメだからね？　わたしはブランにそんなことをさせたくないわ」

「ブランシュがそう言うなら、オレは見守っておくよ。ただし、やばくなりそうなら誰がなんと言おうとオレの独断で動くけどね」

「ブランがそんなことをしなくていいように、頑張るよ」

　リオネルはなんだかんだ言いつつ協力的な聖獣に笑って、話を続けた。

「王太子の位を奪うという点では、リュカについてはいくつかきな臭い噂を知っている。真偽を確かめたことはないが、おそらく真実だろう。ただ、リュカの外戚である公爵家、それから婚約者の実家である侯爵家とその派閥がやっかいだ」

「リュカ殿下の噂なら私も知っているし、魔術師団で真偽を確認済みだ。さらに外戚の公爵家以下についても、王妃に便宜を図ってもらって好き勝手なことをしてきた証拠がある」

「手際がいいな」

「魔術師団では、二年も前から王妃とリュカ殿下を追い落とす準備を整えてきたんだ。舐めないでもらいたい」

　ユーグは誇らしげに胸を張った。

（かなわないな……）

　リオネルが王都で自分自身のことで手いっぱいの時に、魔術師団は未来を見据えて動いていたのだ。いつでも動けるように。そんな機会が訪れるかどうかもわからないのに。

「ただし、もちろん追い落とすにしてもひと筋縄ではいかない。油断しているとこちらが足元をすくわれる結果になるだろう。慎重に動かなくてはいけない」

ユーグの言いたいことはわかる。

相手は、王が臥せっている今、国の最高権力をほしいままにしている王妃だ。

そしてリュカも油断ならない存在だった。遊んでいるだけに見えて、あれはあれで頭が切れる。

「ブランシュ、あれから夢は見ないのか？」

慎重に、かつ相手の裏をかいて動くにはどうしたらいいかとリオネルが考えていると、ブランが唐突に言った。

「夢？」

リオネルが首を傾げると、ブランが頷く。

「聖女の特別な力だ。予知夢と言えばわかるか？　以前、リオネルが落石に押しつぶされる前に助けたことがあるだろう。あれもブランシュが夢で見たから間に合ったんだ。そうじゃなかったらお前は今生きていない」

「そ、そうだったのか……」

思わずごくりと唾を飲んだリオネルに対して、ユーグはきらりと瞳を輝かせた。

「へえ！　聖女にはそんな力があるのか！　未来がわかるなんておもしろい！　妹よ、その稀《け》有《う》な力でお兄ちゃんの未来を見てくれないか」

「えっと、お兄様……それは無理よ」

「なぜ？」

「夢を見る見ないは、わたしの意志ではどうしようもないことだし……その、たったひとりの未来しか見えないのよ」

「つまりその対象はリオネル殿下に限るということか？」

「俺？」

　リオネルが目を丸くすると、ブランシュが恥ずかしそうに俯いた。

「……ええ、まあ、そういうことです」

　言いにくそうにブランシュは言葉を濁したが、ブランがおもしろくなさそうに鼻を鳴らして、ブランシュが濁した真実を暴露した。

「聖女はたったひとり、大切に思う存在の未来を予知する。そしてその対象は生涯変わることはない。リオネルを選んだブランシュが、ユーグの未来を見る日は永遠に来ない」

　リオネルは途端にぼっと赤くなった。

（えっと、つまり……あの頃からブランシュは俺のことを想っていてくれたということか……？）

リオネルは恥ずかしくなって視線を泳がせる。

ブランシュも顔を真っ赤に染めて縮こまっていた。

気まずくも生暖かいような雰囲気に包まれたリオネルとブランシュが互いに意識しつつも押し黙っていると、ブランはユーグに向かって言った。

「リオネルの身に危険が迫るような未来があれば、ブランシュは必ず夢に見るはずだ。どう動くにせよ、ブランシュのその夢を使わない手はないだろう？」

ユーグはふむと頷いて、そして言った。

「よし、妹よ。——寝ろ」

☆

（寝ろって言われてもこの状況でどうすれば眠れるのよ！）

ブランシュはリオネルと同じベッドに横になって、薄暗い天井を睨んでいた。

王都までの道のりはまだ長い。

本日無理に作戦を煮詰める必要もないだろうと言って、ユーグとブランは隣の部屋に帰っていき、ブランシュはリオネルとともにベッドにもぐり込んだ。

ブランシュの予知夢があれば作戦を立てやすいとユーグは言ったが、夢を見ろと言われてはいそうですかと見ることができるはずもない。

第一、城の寝室のベッドよりもはるかに狭いひとり用のベッドを、リオネルとふたりで使っているのだ。しかも枕がひとつしかないことを理由に、リオネルがさも当然のような顔をして腕枕をしてきたのである。ぴったりとくっついているため彼の体温は伝わってくるし、己の早鐘のように速い鼓動のせいで先ほどの告白を思い出してしまうしで、緊張して夢を見るどころか眠れやしない。

（お互い好きだって言い合った後にこれって、どんな拷問よ！）

せめてブランがいてくれればと思うのに、ブランはユーグの部屋に行ってしまった。

もしかして、リオネルとブランシュの間にある空気が少し違うと感じ取ったのかもしれないけれど、気を回してくれなくていい。今すぐこの部屋に戻ってきてほしかった。

ちらりと横を見ると、リオネルは目を閉じている。眠っているのか目を閉じているだけなのかもわからず、ブランシュは横を向いてギュッと目をつむった。

（本が一冊、本が二冊、本が三冊……）

子どもの頃に、眠れなかった時のおまじないを思い出して頭の中で繰り返す。上から本が降ってきて足元に積み重なっていくのを想像していると、どういうわけかブランシュはよく眠れたのだ。

本が二百六十四冊まで延々と繰り返して、ブランシュはようやく眠りに落ちた。

けれど、それもわずかな間のことだった。

「――――っ！」

大きく息を吸い込んで、ブランシュは一時間もしないうちに飛び起きた。

「ブランシュ？」

荒い息を繰り返していると隣から声が聞こえて、ハッとして振り返る。

「殿下……すみません、起こしちゃって」

「いや、俺は大丈夫だが……」

リオネルは上体を起こして、ブランシュの顔を覗き込むと、サイドテーブルの上のランプに火を灯す。

「顔色が悪いな。水を飲むか？」

コップに魔術で水と氷を生み出して、リオネルが手渡してくれた。

ブランシュは震える手でそれを受け取ると、落とさないように両手でしっかり握りしめて、こくりこくりと少しずつ口に入れる。

キンと冷えた水に、少し気分が落ち着いてきた。

「悪い夢でも見たのか？」

「……ええ、まあ」

ブランシュは逡巡した。

先ほど見た夢は、おそらく未来の出来事だ。聖女の力が見させた予知夢だろう。

けれど、夢の内容を口にしていいものか――それを聞いた時、リオネルはショックを受けないだろうかと、心配になったのだ。

（殿下には内緒で、お兄様とブランだけで対処……ううん、それじゃあダメよね）

リオネルは、もう覚悟を決めている。

「殿下……多分、今見たのは例の未来の夢です。聞きますか……？」

リオネルはゆっくりと、けれども力強く頷いた。

九　緊迫の誕生日パーティー

「魔力なしではなかったの？」

歓声と悲鳴の入り混じる声が、城中から響き渡っている。

バゼーヌ国王妃アルレットは、忌々しげに舌打ちして、目の前で縮こまっている女を見やった。

騒ぎの原因は、今朝城に到着したリオネルとその妻ブランシュ、それから彼女が連れてきた巨大な白狼だ。門兵が腰を抜かすほど大きな白狼は、なんと聖獣らしい。

にわかには信じられなかったが、その狼は人語を理解し、そして話すと報告を受けてからは、アルレットも疑うことはできなかった。

「申し訳ありません。ですが本当に、あの子は魔力がなかったのです。信じてください」

ブランシュの母シャプドレーヌ公爵夫人は、青ざめた顔で弁解した。

その顔に嘘は見られない。ブランシュは公爵夫人が言う通り、確かに魔力がなかったのだろう。

だが、それなら仕方がないわねと済まされる問題ではないのだ。

「どうしてくれるの？　まるでリオネルが英雄のように騒がれているわ。冗談じゃないわよ」

「も、申し訳……」

「謝るくらいなら頭を使ってちょうだい！　とにかくブランシュはこのままリオネルに与えてはおけないわ。早急にリオネルから取り上げて……そうよ、リュカに与えればいいのよ」

「お待ちください！　リュカ殿下はすでに婚約されています！」

「だからなんなの？　体裁が悪いならどちらかを側妃にすればいいわ。とにかく、聖女なんて御大層な肩書を得た女を、いつまでもリオネルに与えておけないのよ！」

「し、しかし、ブランシュは王太子殿下の相手が務まるとは到底……」

「務まる務まらないは関係ないのよ！」

必要なのは聖女の肩書だ。このままリオネルの人気が高まる前に早急に手を打たなければ、計画が台無しになってしまう。

（理由をつけて処分しようと思っていたのに、こんなに騒がれたら処分するのも楽じゃないわ。本当に、どうしてくれるの！）

アルレットは真っ赤に塗った爪を噛んで、じろりとシャプドレーヌ公爵夫人を睨んだ。

「こうなったら仕方がないわ。計画の変更よ。もちろん、あなたにも協力してもらうわ！」

予定より早いが、このまま悠長に構えてはいられない。

いまだに鳴りやまない歓声に嫌気がさしたアルレットは、空になったティーカップを掴むと、力いっぱい壁に向かって投げつけた。

☆

予定よりも三日早く到着したブランシュたちは、リュカの誕生日パーティーの日まで、城の離れを使わせてもらうことになった。

というのも、下手に宿を取るよりは、むしろ相手の懐近くにいた方が動きやすいだろうと判断したからだ。宿に魔術師団の人間が出入りすれば怪しまれるが、聖獣見たさに魔術師団が離れに出入りする分にはさほど疑念を抱かれないだろうとユーグが言ったからである。

ブランシュの見た予知夢を踏まえて計画を練った結果、リオネルとユーグは、リュカの誕生日パーティー当日に王妃を捕縛することに決めた。

見た夢の内容が内容だったためブランシュは反対したが、それ以上の好機はないとふたりに言われ、最終的に折れることとなった。

聖獣に会いに来たという名目で入れ代わり立ち代わりやってくる魔術師団の団員と情報を共有し、三日後に備えて準備を整えるリオネルとユーグに、ブランシュは落ち着かない気持ちになるが、ここまで来たら腹を括るしかない。

「それで、聖女の見る予知夢の的中率はどのくらいなんだ？」

入念に準備を進めていく中で、魔術師団団長が当日の配置を決めながら訊ねてきた。

「百パーセントだよ」

離れのダイニングの床に寝そべっていたブランが、小さく顔を上げて答える。

「聖女の予知夢は必ず起こる。そしてその結果を変えることができるのは、聖女がそれを望み、阻もうとした時だけだ」

「なるほど。では、確実にその展開が起こると信じて進めるのだな」

「できれば現行犯で捕縛したいですね」

ユーグが城の間取りが書かれた紙を見ながら唸る。

「そうなると、待機する場所はここだな」

「当日の兵士の配置を動かせますか？」

「問題ない。近衛兵長はこちら側だ」

団長は自信たっぷりに答えた。

この二年間、機をうかがってきた魔術師団は、信頼できる味方をたくさん得ているようだ。

ようやく訪れたチャンスに白熱しはじめた魔術師団たちをダイニングに残し、ブランシュはそっと離れの外に出た。

ここは城の裏手にあって、離れの周りも生け垣に囲まれているからか、城の敷地内ということを忘れそうになるほど静かだ。

昼をいくらか過ぎた庭は、影が少なくて眩しい。暦の上では秋だというのに、今年の夏はなかなか粘るようで、今日は真夏と変わらないくらい暑かった。

「ブランシュ」

呼ばれて振り返れば、玄関からリオネルが歩いてくるところだった。

「大丈夫？」

さすがに外で込み入った話はできないので、リオネルはそれだけ訊ねて、優しく手を握ってくれる。

「大丈夫、ですよ」

本当は、初めて予知夢を見たあの時よりも怖い。リオネルの身の安全だけを考えるなら、王都へは来ず、エスポワールへ引き返してもらった方がよかったのだ。

けれどリオネルは決断し、不安を覚えながらもブランシュも了承した。

その運命の日があと三日後に迫っていると思うと、怖くて仕方がない。

覚悟を決めたリオネルは晴れやかな顔をしているのに、ブランシュが暗い顔をしていたら彼を心配させてしまう。

それはわかっているけれど、作り笑顔ひとつまともに浮かべられそうになかった。

（パーティー当日までにはちゃんと笑えるようにならないと）

ブランシュが小さく息を吐き出すと、リオネルがブランシュを引き寄せて、ギュッと抱きしめる。

「ブランシュ。ブランシュの大切な呪文を、忘れているよ」

「呪文……？」

リオネルはこつんとブランシュの額に自分の額をつけた。

「笑っていれば、いいことがあるんだろう？」

「…………あ」

ブランシュは目を見開いた。

すぐ近くにあるリオネルの紫色の瞳が柔らかく細められる。

――笑っていれば必ずいいことが……幸運が訪れるわ。

幼い時から繰り返されてきた、祖母シャルリーヌの呪文。

できるだけ笑っていようと心に決めていたのに、不安のあまりブランシュはすっかり忘れていたようだ。

（リオネル殿下に、笑っていればいいことがあるなんて偉そうなことを言っておいて、自分が笑えないなんてどうかしているわ）

笑っていればいいことがある。きっと、幸福が訪れる。

祖母の呪文は、ブランシュに自由を、そしてリオネルを与えてくれた。

魔力のないブランシュでも使える、魔法の呪文。

「アンソニーが言っていたけど、冬を前に収穫祭をするらしいよ。エスポワールが荒れ果ててからずっと開催していなかった、記録にしか残っていない収穫祭だそうだ」

「それは、楽しそうですね」

「だろう？　俺も今から楽しみで仕方がない。それだけじゃない。冬には冬の楽しみが、春には春の楽しみが……ずっと、生きるだけで精いっぱいだったエスポワールが、これから生まれ変わるんだ」

希望という名のついた大地が、その名の通りに生まれ変わる。

わくわくするだろうと、リオネルが笑う。

ブランシュは一度目を閉じて、その光景を想像してみた。

緑溢れる大地。

実ったたくさんの作物。

人々の笑い声。

その中心にいる、リオネル。

そして、リオネルに寄り添って笑うブランシュ。

これ以上、幸せなことがあるだろうか。

ブランシュは目を開けて、それから笑った。

リオネルも笑う。

不安が完全に消え去ったわけではないけれど、リオネルとならきっと大丈夫だと、大丈夫にするのだと、ブランシュは彼とふたりの未来を思い描きながら思った。

☆

リュカの誕生日パーティー当日。

「パーティーなんて初めてなので……緊張してしまいますね」

人前に出るために着飾ったことのないブランシュは、気持ちが落ち着かなくて、意味もなくパーティードレスの光沢を撫でている。

ほどよく光沢のある紫色のドレスは、祖母シャルリーヌの形見だ。

これはユーグがシャプドレーヌ公爵家から持ってきたものだった。母が城のシャルリーヌの部屋からすべて回収したが、袖を通さずクローゼットの中にしまい込んでいたらしい。

流行に左右されないシンプルなデザインのドレスだが、使われているのは上等な絹で、袖口や腰のリボンには小粒のダイヤモンドがあしらわれていた。

こんな高価なドレスをよく母が持ち出す許可を出したなと思って訊ねると、ユーグは黙って拝借してきたと白状した。

ブランシュがこのドレスを着ているのを見た母の反応が怖いには怖いが、王妃と共謀してシャルリーヌを殺害した母に気を遣う必要はない。

「ブランシュ、どう？　どう？」

パーティーの始まりまであと三十分。

そろそろ離れから城へ移動する時間だろうと時計を見やった時、部屋にブランが入ってきた。

「まあブラン！　カッコいいわ！」

ブランは首に青灰色と緑の二色のリボンを巻いてもらってご満悦だ。

今日のパーティーにはブランも出席するのである。

聖女と聖獣の繋がりがひと目でわかるように、ブランにはブランシュの瞳の色を、そしてブランシュはブランの瞳の色と同じサファイアとエメラルドの首飾りを身に着けている。

ちなみにこの首飾りも、シャプドレーヌ公爵家からユーグが勝手に拝借してきた。サファイアもエメラルドも、五カラットはあろうかという大きさなので、かなり高価なものだろう。

リオネルは青灰色のタイに、エメラルドのタイピン。ダークグレーの上下を身に着け、青銀色の髪は後ろに撫でつけている。

「ブランのリボンに、殿下の紫色も入れればよかったかしら？」

「それは嫌だ」

ブランが鼻にしわを寄せて即答した。そしてブランシュの周りをぐるぐる回って、「ブランシュはオレの背中に乗って登場すればいいよ」などと冗談なのか本気なのかわからないことを言っている。

「ブラン、ブランシュのエスコート役は俺だ」

「チッ」

悔しそうに舌打ちするのを見るに、どうやら本気だったらしいと、ブランシュはくすくすと笑ってブランの背中を撫でる。

ブランのおかげで緊張がどこかへ飛んでいった。

パーティー会場ではなにも起こらないだろうし、ブランもそばにいるから大丈夫だろう。

「そろそろ行こうか」

左手側にリオネル、右手側にブランとふたりに囲まれて、ブランシュはパーティー会場となる城の大広間へ向かう。

ブランがそばにいるからだろう、ブランシュたちの存在に気付いた人たちはみな驚愕して道を開け、おかげで、大広間までは誰にも邪魔をされずに向かうことができた。

あちこちから「聖獣だ」「あれが聖女か」という声があがって、ブランはまんざらでもない顔をしている。

大広間に到着すると、先に来ていたユーグが近付いてきた。

それ以外の人は、ブランシュたちを遠巻きに眺めていて誰も近付いてこない。快適ではあるが、まるで珍獣にでもなった気分だ。

談笑するふりをしながら、ユーグとともに大広間の角へ向かう。

万が一を考えて、魔術師団から立ち位置を決められているのだ。

魔術師団員は当然貴族籍であるため、リュカの誕生日パーティーにも大勢参加している。

リオネルもブランシュも、なにかあった時に彼らが守りやすい場所にいるように言われていた。

ブランシュは大広間の中にそれとなく視線を走らせながら、ここにいるどれだけの人が味方なのだろうかと考えていた。

シャプドレーヌ公爵家に閉じ込められて育ったブランシュは、社交界に明るくない。誰がどの派閥に属していて、どこと対立関係にあるのか、さっぱりわからなかった。

王妃を断罪するということは、その派閥の人間をも断罪するということだ。もちろん、調査もなく派閥というだけで一方的に刑に処すことはないが、国内の力関係が大きく変わる。

やり方によっては多方面から恨みを買う結果になる。

王妃の断罪が成功すれば、少なくとも魔術師団の発言力はぐんと高まり、逆に王妃派閥やどちらかと言えば王妃にすり寄っていた派閥の人間は陰に追いやられる。

それをうまくまとめ上げられるかどうかはリオネルの手腕にかかっているわけで——きっと、たくさん大変な思いをするだろう。

その時に、リオネルを支えるのはブランシュの役目だ。

（顔と名前は一致しないけど……この場で誰がどんな風に動いて、誰と親しくしているかは覚えておきましょう）

ブランシュがそんなことを考えながら、人の動きを観察していた時だった。

「ブランシュ」

リオネルに小声で名前を呼ばれてハッとすると、こちらへひと組の男女が近付いてくるのが見えた。

（お父様、お母様……）

邸にいた時でも滅多に顔を合わすことのなかった両親に、ブランシュは無意識に肩に力を入れた。

シャルリーヌの姿が脳裏をよぎり、お腹の底がカッと燃え上がる。

ともすれば脳天まで突き抜けそうになる怒りをどうにか静めてふたりを見やれば、ブランシュを見るたびに顔をしかめていた母は気持ちの悪いくらいの笑みを浮かべ、一方父は困惑顔だ。

ユーグがそれとなくブランシュをかばうように前に立った。

父と母がこちらに近付いてきたからだろう、それまでブランシュたちを遠巻きにしていた人たちも少しずつこちらに近付いてくる。

「あれがシャプドレーヌ家の……」

「聖女とは。さすがは大魔術師の家系だ」

「しかしなぜ今まで隠していたんだ」

好奇心と揶揄《やゆ》が入り混じるざわめきが聞こえてくる。

「なにか御用ですか？」

そんなざわめきを氷の刃でぶった切るような冷ややかな声でユーグが訊ねた。

対して母は、頬に手を当てて不思議そうに「まあユーグ、そんな怖い顔をしないで」と猫撫で声を出す。

昔から母と兄には温度差があったが、ふたりが話す姿をこんなに近くで見たのは初めてで、ブランシュは少なからず驚いた。

兄の後ろから両親を見つめていると、父がユーグと同じ青色の瞳をブランシュに向けた。

「ブランシュ……」

思い返してみる限り父に名前を呼ばれたことのなかったブランシュは反応に困った。

きゅっとリオネルの腕を掴む手に力を込めると、リオネルが反対の手をブランシュの手に重ねてくれる。

ユーグからは、おそらくこのパーティーで、両親がブランシュに接触しようとするだろうことと聞いていた。

相手をしてやる必要はないとユーグは言ったが、どうしたらいいのだろう。

同じ邸の中で暮らしながら、ずっと他人のようだったふたりに対して、ブランシュはなんの情もない。それどころかシャルリーヌの件があるので、特に母には憎しみすら抱いている。

けれどこの場でそれをぶつけることはできないし、かといって無視し続けるわけにもいかない。

仕方なく、当たり障りのない挨拶をして終わろうと口を開きかけたブランシュは、ユーグに片手で制されて口を噤んだ。

「もう一度問います。なにか御用ですか？　まさか、これまで虐げ、邸に軟禁し続けたブランシュに会いに来たわけではないでしょう。魔力がないといって相手にしなかった娘が聖女だとわかって手のひらを反すような、厚顔な真似はなさらないと信じていますが？」

わざと声を張り上げるように言ったユーグに、ざわめきが大きくなった。

「ユーグ！」

「なんてことを言うの！」

父と母が顔を赤くして叫んだが、ユーグは冷ややかな表情のまま口端だけをきゅっと上げた。

「なんてこと？　事実を言ったまでですが？」

「もういい！」

いつまでも両親に張りつかれていると困るとはいえ、追い払い方に問題があるだろうとブランシュはあきれたが、逃げるように離れていく両親を見ると溜飲が下がる思いだった。

両親が離れていくと、周りにいた人たちも気まずくなったのか足早に遠のいていく。

「これで快適になった」

ユーグは素知らぬ顔でドリンクを持って回っている使用人から白ワインを受け取った。

リュカが顔を出したら乾杯になるからと言われて、ブランシュもリオネルもグラスを取る。

「お兄様、あんな追い払い方をしてよかったんですか？」

「いいんだ。どうせ後から母上はお前に接触しに来るだろう。最初に周囲に悪い印象を与えておいた方が都合がいい」

「お母様が？　どうしてです？」

「気が付いていなかったのか？　母上はさっきからやたらとこちらを気にしている」

「ユーグを気にしているんじゃないのか？」

「私に向ける気持ちの悪い視線じゃないから違う。見てみろ」

ユーグに言われて、さりげなく母を捜すと、確かにこちらをジッと見つめていた。その視線に優しさはなく、憎しみに溢れている気がする。

ブランシュはぞくりとしてパッと視線を逸らした。

「……あれが実の娘に向ける視線だと？」

「母上は昔からああだ。ブランシュはおばあ様によく似ているからな。母上はおばあ様が嫌いなんだ。父上との結婚に、おばあ様が最後まで反対していたからだと聞いたことがある」

「知りませんでした……」

母に嫌われているのはなんとなくわかっていた。

だが、その理由が、ブランシュがシャルリーヌと似ているからだとは知らなかった。

「今までは基本的にお前を無視していた母上が、やたらとお前を気にしているんだ。なにかある。気を付けておけ」

「ブランシュ、ユーグと俺が離れた後は、必ずブランと一緒にいるように。絶対にひとりになるな」

「わかりました」

母がなにを考えているのかはわからないが、ブランシュとて母と一対一で対峙したくはない。

（お母様を前にすると、どうしておばあ様を殺したのかって怒鳴りそうになるもの……）

ブランシュが感情的になってしまったら、せっかくの計画が台無しになるからと耐えているが、さっきだって喉元まで出かかった。

「ブラン、よろしくね」

「おう」

ブランがふわふわの尻尾を揺らして力強く答える。

ブランシュがブランと顔を見合わせて微笑み合った時、リュカの登場を告げる合図があった。

☆

ゆっくりとアーチを描く階段を下りながら、リュカはブランシュの姿を捜した。

リオネルとブランシュが王都に到着したのは三日前のことだが、リュカはまだブランシュと挨拶をしていないのだ。

なぜならリオネルは到着して早々に離れに引っ込んでしまったからである。

リオネルは王妃の手前、不用意にリュカに近付かないので、そのせいでいまだに噂に聞く聖女がどんな姿をしているのか確かめられていないのだ。

(あれかな？　兄上と、それから大きな狼の隣にいるし。この場にいるってことはあの狼が聖獣なんだろう。……ふぅん、体つきは貧相だが、悪くないね)

リオネルの瞳と同じ紫色のドレスに身を包んだブランシュは、痩せすぎなくらい華奢だったが、遠目でも顔立ちは整っているように見える。

聖女という肩書きに加えて見目も整っているのならば、リュカの妃にしてもなんら問題ない。

階段を下り切り、微笑んでリュカの到着を待っていた王妃ににこりと微笑みを返す。

(さて、母上はなにを企んでいるのかな)

王妃アルレットが陰でなにかを画策しているのにはリュカも気付いていた。

だいたい、なにを企んでいるのかも予想はついている。

荒れ果てていたエスポワールを回復させ、聖女を妻とし、聖獣を目覚めさせたリオネルの評判は、今や王都でもうなぎのぼりだ。

いくら母が王妃であっても、国中の貴族を掌握するほどの力はない。

母が取りこぼした貴族たちがリオネルを旗印にまとまりはじめると極めて厄介である。

ならばリオネルが英雄視される前に、消しておこうと考えるのが普通だろう。

（兄上はいろいろ使えるから嫌いじゃないんだけど、こうなったら仕方がないかな）

使い勝手のいい道具のままでいてくれれば、リュカはアルレットを止めただろうが、道具が使い手よりも評判になったらリュカとしても扱いにくくなる。

それでもリオネルがリュカに花を持たせるように立ち回っていたら違っただろう。

以前の兄ならば自身が目立つようなことはせず、自分の手柄がリュカに回ることも是としていた。しかし今のリオネルは以前とは違う動き方をしている。今の兄はリュカにとって邪魔にしかならない。

リオネルの評判が上がったのはアルレットの失策だ。ならば尻拭いも本人にさせるのがいい。尻拭いに失敗したとしても、母を切ればそれでおしまいだ。

もちろん母が失敗すれば、リュカは凡庸で遊び人の王太子のままではいられなくなるので、母にはぜひとも頑張ってもらいたいところではあるが。

（さてと。能天気な王太子を演じつつ、聖女と仲良くしてこようかな）

ブランシュとリュカの関係が良好だと、この場にいる人間に知らしめておいた方がいい。その方が、後々ブランシュを奪い取った時のダメージが少ないはずだ。

リュカは挨拶と乾杯を終えると、我先にと集まってきた貴族たちを押しのけて、ブランシュのもとへと向かった。

☆

「リオネル、少しいいかしら？　陛下のことで大切なお話があるのよ」

リュカがやってきて十五分ばかりして、王妃アルレットが満面の笑みで近付いてきた。

アルレットと対面するのはエスポワール行きを告げられた時以来だ。

リオネルがちらりとブランシュを見ると、やたらと彼女に話しかけていたリュカがにこにこと笑った。

「行っておいでよ。ブランシュは僕が見ておくから」

「…………わかった。頼む」

「あの……リオネル殿下、いってらっしゃい」

一瞬不安そうな顔をしたブランシュが、笑顔を作って言う。

リオネルは大きく頷いて、親密さをアピールするためにブランシュの頬に軽いキスをした。

ユーグはリュカがやってくる前にこの場から去っている。

別室で話しましょうと言われて王妃の後をついて歩くと、魔術師団の団員が数名、動きだしたのが視界の端に映った。

いよいよ、大勝負が始まる。

ブランシュを残していくのが心配だったが、ブランがそばについているのだ、最悪の事態にはならないだろう。

アルレットについて大広間を出ると、彼女はそのまま廊下を進み、階段を上った。アルレットがどこへ案内しようとしているのか、リオネルは知っている。ブランシュが夢に見たからだ。

しばらく歩き、アルレットは国王の寝室の前で止まった。

「ここでお話ししましょう。陛下の容体についても説明したいの」

「わかりました」

リオネルはなにも知らないふりをして、父親への心配をにじませながら頷いた。

部屋に入ると、そこは薄暗く、カーテンに囲まれたベッドがあるだけで誰もいなかった。

普通は侍医がそばにいるか、いなくても侍女か誰かがついているものなのに、誰もいない。

アルレットが侍女を呼びつけてカーテンを開けさせる。

カーテンくらい自分で開ければいいのにと心中で毒づきながら、リオネルは部屋の奥のベッドに視線を向けた。まだ暑いのに天蓋が下ろしてあって、中をうかがうことはできない。

「父上のお顔を拝見しても？」

「ええ、構わないわ」

これまで国王ジョナサンの見舞いを拒んでいたアルレットが、信じられないくらいあっさりとそれを許した。

リオネルはベッドにそっと近付くと、天蓋を静かにめくる。

(——父上……!)

リオネルは息を呑んだ。

ベッドに横たわっている父に意識はなく、顔色は青白くて別人かと思うほどに痩せこけている。

定期的にひげが剃られて体が清められているのはわかるが、あまりの痛々しい姿に胸にせり上げてくるものがあって、リオネルはギュッと心臓の上のあたりを握った。

激しい運動をしたわけでもないのに、呼吸が浅くなる。

「痛々しいでしょう? 陛下はずっと昏睡状態なのよ」

ほうっと息を吐きながら言うアルレットに、リオネルは一瞬我を忘れそうになった。

カッと頭に血が上って、ギュッと目をつむることで耐える。

ここで感情的になっては計画がすべて台無しだ。

(父上、もう少しだけ我慢していてください)

なぜもっと早くに決断しなかったのだろうと自責の念に駆られながら、リオネルは父の痩せこけた頬に手を添えて、それからカーテンを下ろした。

振り返ると、アルレットは笑顔でソファに座っている。

「もういいかしら？　座って」

仮にも夫にあのような仕打ちをしておいて、この女は心が痛まないのだろうか。

沸々とした怒りを腹の底にためながら、リオネルはアルレットの対面に腰を下ろした。

侍女がお茶を運んでくる。

「それで、話とはなんでしょうか」

声が怒りで震えないようにするだけで精いっぱいだった。

アルレットは優雅に紅茶をひと口飲んでから、毒々しいほどに赤い唇を開いた。

「話というのは他でもない、陛下のことよ。陛下はずっとあの状態で、侍医が言うにはいつ目を覚ますのかもわからないそうなの。さすがに八カ月以上経つことだし、もうあきらめた方がいいと思うのよ」

リオネルはぎりっと奥歯を食いしばった。

(耐えろ……耐えろ、俺)

ここでアルレットに殴りかかってはすべてが台無しになる。

リオネルはなんとか表情を取り繕った。

「と言いますと？」

「察しが悪いわね。だから、リュカの戴冠を急がせようと思うのよ。でも、あの子はまだ若いでしょう？　実績もないし、なにかで箔をつけるべきだと、そう思わない？」

「つまり？」

アルレットはニッと口端を持ち上げた。

「つまり、ブランシュをあの子にくれないかしら。聖女の肩書があれば、聖女を娶った初めての王としてリュカに箔がつくわ」

「お断りしますと申し上げたら？」

「それは無理よ。というか、あなたの意志は関係ないの」

アルレットは、無造作にテーブルの上に置いてあるベルに手を伸ばす。

そして――

「だってあなたは、陛下を弑逆《しいぎゃく》した罪で今この場で死ぬのだから」

チリン、とベルが鳴り響いた瞬間、部屋の中に数名の兵士がなだれ込んできた。

☆

リオネルが王妃アルレットとともに大広間を出ていって少しして、ブランシュとリュカのもとに作り笑顔の母がやってきた。

「まあブランシュ。リュカ殿下と仲良くしているのね」

まるでユーグを相手にした時のような猫撫で声だ。

母はそのまま親しげにブランシュの肩に手を伸ばそうとしてきたが、その前にブランがふたりの間に割って入った。

低く喉を鳴らして睥睨《へいげい》するブランに、母がぎくりとして手を引っ込める。

そして、まるで自分の身を守るようにその手を胸の前に置いて、一歩後ろに下がった。

ブランシュはホッとして、ブランの背を撫でる。

(ありがとう、ブラン)

ブランシュの心の声はブランに届いたようで、ブランが顔をこちらに向けて色の違う双眸を細めた。

――ブランシュはオレが守るよ。

まるでそんな声が聞こえてきそうな表情に、ブランシュはおかしくなる。

「シャプドレーヌ公爵夫人、ご令嬢は素晴らしい女性だね」

ブランシュと母の間にある微妙な空気に気が付かないのか、それとも気が付かないふりをしているのか、リュカがにこりと微笑んだ。

母が気を取り直したように微笑み返す。

「まあ、殿下。恐れ入ります。殿下にそのようにおっしゃっていただけて、娘もさぞ光栄なことでしょう」

「いやいや、ブランシュは聖女だというじゃないか。僕の方こそ、聖女とこうして話をさせてもらえる機会を得られて光栄だよ。なんたって、エスポワールを絶望から救い出したのは他ならぬ聖女なのだからね」

（違うわ。結果的にブランが目覚めたことで大地は復活したけれど、それより前から、リオネル殿下が頑張ってきたから今があるのよ）

そう言いたいのをブランシュはぐっとこらえて、作り笑顔が崩れないように表情筋に力を入れる。

作戦では、ここでリュカとおそらく接触してくるであろう母を足止めするのがブランシュの役目だ。魔術師団の動きや、魔術師団と通じている近衛の兵士たちの動きを悟られてはいけないからである。

ブランシュはブランの背中を撫でながら、合図があるのをひたすら待った。

ブランシュが黙っている間にもリュカと母の会話は続き、ついに予想していたセリフが飛び出した。

「ところでシャプドレーヌ公爵夫人。どうだろう。僕が戴冠した暁には、ぜひとも聖女に隣にいてほしいのだけど」

（来た！）

リュカはブランシュを妃に望んでいるというのは、ユーグから聞いて知っている。

そして誕生日パーティーに招待したということは、この場でその話を進めるために他ならない。

ついでに招待客にリュカがブランシュを望み、ブランシュもそれに応えたと印象づけておけば、今後の話を違和感なく進められるだろう。

パーティーのどこかで必ず話を持ちかけられるはずだとリオネルとユーグが言っていたが、まさしくその通りになった。

母が笑顔をブランシュへ向ける。

「まあブランシュ、光栄なお話よね。聖女は国王陛下をお支えして国を盛り立てるべきだわ」

（……合図はまだなの!?）

リュカの申し出にも母の言葉にも、ブランシュは即座に否と答えたい。

「もちろんお受けするわよね、ブランシュ？」

なにも返事をしないブランシュに焦れたように母が言葉を重ねてくる。

ブランがそんな母を唸って威嚇《いかく》すると、母はびくりと肩を震わせるが、顔色を悪くしながらもブランシュへ返事を促すことをやめなかった。

「もしかしたらあなたはリオネル殿下のことを気にしているのかもしれないけれど、心配することはないのよ。だってあなたは、エスポワールのためにリオネル殿下についていったのだもの。エスポワールが持ち直したのだから、もうあなたの役目は終わったのよ」

まるでリオネルとの関係はそういう契約だったのだと言わんばかりだった。

リュカと母の会話には、多くの人が耳を傾けている。さすがにこれに頷くわけにはいかない。

ブランシュが口を開きかけたその時だった。

「ブランシュ」

リュカと母が来てから唸り声しかあげていなかったブランが、初めてブランシュの名を呼んだ。

ブランシュはハッと大広間の会場の入り口を見やる。

そこには席をはずしていたユーグが立っていて、右手を軽く上げていた。

ブランシュは笑い、そしてすぐにその笑みを消すと、母をまっすぐに見返した。

「お断りします」

きっぱりと、一字一句を区切るように宣言する。

母が笑顔を消して息を呑んだ。リュカも驚いたように目を丸くしている。

「ま、まあ、ブランシュ……リオネル殿下のことは本当に気にしなくて大丈夫なのよ」

母が狼狽えたように視線を彷徨わせ、前言を撤回しろと無言の圧力をかけてくるが、もちろんブランシュは応じない。

視界の端でユーグが動くのを確認しながら、ブランシュは母を睨んだ。

「何度も言わせないでください。お断りしますと申しました。……それから、お母様。わたしもお母様に言いたいことがあります」

ブランシュは大きく息を吸い、そして、問うた。

「どうして、おばあ様を殺害したんですか」

――大広間に、兵士たちがなだれ込んできたのは、その直後のことだった。

☆

王妃の合図で兵士たちが国王の寝室に飛び込んできた直後、リオネルは口をつけていなかったティーカップを、アルレットに向かって投げつけた。

「きゃあ！」

火傷するほどの温度ではないとはいえ、突然熱い紅茶をぶちまけられたアルレットは悲鳴をあげて立ち上がる。

リオネルは魔術で突風を起こし、兵士たちを床に叩きつけると、ひるんだ兵士のひとりから素早く剣を奪い取って構えた。

「……なんの真似かしら」

アルレットが忌々しげにリオネルを睨む。

リオネルは切っ先をアルレットに向けて、薄く笑う。

「不思議なことをおっしゃる。なんの真似か？　そんなもの、決まっているでしょうに。――団長！」

リオネルが叫ぶと、魔術師団団長をはじめとする魔術師団が内扉を蹴破って突入してきた。

彼らはそのまま驚愕している兵士たちを魔術で拘束していく。

リオネルは味方のいなくなったアルレットに剣を向けたまま、一歩、また一歩と近付いた。

「お、お前……こんなことをして許されると……！」

アルレットが大きく目を見開いて、じりじりと後ろに下がろうとするが、廊下に続く扉も内扉の前にも魔術師団の団員が立っていて逃げることは不可能だ。

「だ、誰か！　誰か来なさい！　誰か‼」

アルレットが金切り声をあげたが、外はすでに魔術師団や近衛騎士たちが取り囲んでいる。

じりじりとアルレットを壁際まで追い詰めて、リオネルはその細い首に剣の先を向けた。

あと数ミリで肌に達するほどに近付けられた切っ先に、アルレットがごくりと嚥下する。

憎しみと恐怖が入り混じった顔で睨んでくるアルレットを、リオネルは睥睨した。

「お前が大叔母シャルリーヌを毒殺し、父上――陛下に毒を盛って昏睡状態にしたことはすでに調べがついているんだ。これ以上、お前の好きにはさせない」

「な、なにを馬鹿な……！　こんなことをして許されると思っているの⁉　わたくしを害すればどうなると――」

「どうにもならないさ。本件にお前の実家が関わっていたことも、大叔母の毒殺にシャプドレーヌ公爵夫人が関与していたことも、それから王妃の立場を利用して今まで散々罪を犯してきたことも、細かいものまですべて調査済みだ。お前の罪はこれからすべて明るみに出る。関わった貴族たちも今日のパーティーで一斉捕縛だ。お前を助けてくれる人間はもう誰もいない」

リオネルはぴたりと切っ先をアルレットの喉に押し当てた。

薄い肌が切れて、鮮血がひと筋首を伝って流れ落ちる。

本当ならば、この場で首を切り落としてやりたかった。

しかし感情に任せて剣を振るい、この場で殺しては、王妃の罪に対する罰が軽すぎる。

剣を離すと、蒼白になってがたがたと震えながら、アルレットがその場に膝から崩れ落ちた。

「連れていけ」

リオネルの号令で魔術師団団長が王妃に縄をかける。

今頃、大広間でも大捕り物が始まっている頃だろう。

（……終わってみれば、あっけないものだったな）

喚きながら引っ立てられていくアルレットの後ろ姿を見て、リオネルは息を吐いた。

（だが、ブランシュの予知夢がなければ、こうもうまくはいかなかった）

あの夜、ブランシュは国王の寝室でリオネルが殺される夢を見た。

彼女の予知がなければ、今日がリオネルの命日になっていたことだろう。

リオネルはベッドに近付くと、カーテンを開けた。

「父上。すぐに、信頼できる医師を派遣しますね」

父は目を開けなかったが、リオネルの言葉に、わずかに口端が動いたような気がした。

エピローグ

「もうじき、冬も終わるわね」

エスポワールの古城の周辺をブランの背中に乗ってのんびり散歩しながら、ブランシュはすっかり雪の解けた大地を見て呟いた。

王妃が捕縛されて半年。

秋が過ぎ、冬ももうじき終わるけれど、エスポワールにリオネルの姿はない。

王太子リュカはシャルリーヌの毒殺や国王の件に関わってはいなかったが、生母である母の犯した罪により王太子の位を剥奪された。

また、彼自身、表には出ていないが、気に入らない人間を強引に左遷させたり、他人の婚約者に手を出したりと、いろいろと悪さもしていたようで、幽閉とまではいかないが、二年間の謹慎が言い渡され、それが明けた後は臣籍降下処分になるだろうとのことである。

シャプドレーヌ公爵家は、ブランシュとユーグが王妃捕縛に協力したため取りつぶしにはならなかったが、ユーグが正式に公爵家を継ぐその日までは国の監視下に入るらしい。

ちなみにシャルリーヌの毒殺に関与していた母は、父から離縁されて、現在は投獄されている。

王妃のように処刑という運びになるかどうかは、まだ決定が出ていないのでわからない。

昏睡状態だった国王は、信頼できる医師のもと、解毒治療が進められた結果、起き上がれるようになったと報告があった。しかし長期間毒が盛られ続けた後遺症で、体に麻痺が残っているという。

こちらはリハビリと治療を進めていけば多少は改善するだろうとのことだが、体にかかっていた負荷を考えると、数年は安静にしておくべきだろう。

これらの事後処理と、国王の補佐でリオネルはずっと王都の城に缶詰め状態だ。

ブランシュも残ると言ったのだが、エスポワールを放置できないからと、あの後すぐに帰還させられた。

実際、エスポワールは回復を始めたばかりで、長らく留守にはできなかったからリオネルの判断はわかるけれど、目が回るほど忙しくしているだろう彼が心配で仕方がない。

（また徹夜でふらふらになっていないといいけど……）

誰かが注意しなければろくに休憩も取らず働き続けるリオネルである。

エスポワールで倒れたように、王都で倒れていないだろうか。

定期的に手紙のやり取りはしているので、彼が無事なのはわかるけれど、実際に顔を見ていないと不安ばかりが募っていく。

「春頃には帰れるって手紙に書いてあったんだろう？」

「そうだけど、どうかしらね」

王都からエスポワールまでは距離がある。

ユーグがしたような奇妙な方法で飛んでくるならいざ知らず、馬車を使えば一カ月半から二カ月程度はかかる道のりだ。

国王代理に近い立場であるリオネルが、気軽に帰ってこられる場所ではない。

「リオネルがいなくても、ブランシュにはオレがいるよ」

「ふふ、そうね。ありがとう、ブラン」

ブランシュの気持ちが沈んだのが伝わったのか、慰めてくれたブランの背中を撫でる。

(殿下が帰ってこられなくても、わたしはわたしでしっかりしないとね)

リオネルが帰ってきた時にがっかりしないように、ブランシュはブランシュでエスポワールを盛り立てなくてはならないのだ。

ブランが満足するまで散歩をして城に戻ると、ブランシュはその足で執務室へ向かう。

本来の主が不在の間、ブランシュが領内の報告書に目を通して決済をしているのだ。

春の作付けに関する書類が上がってきていたので、それに目を通して、種や苗、肥料などを仕入れなくてはならない。

本来これらは農家が独自で準備するものだが、ずっと作物を育てていなかったエスポワールには作物の種がないのだ。そして彼らにはそれを買うお金もないので、農業が安定するまではこちらが用意することにしているのである。

どこになにがどれだけ必要で、それにかかる費用がいかほどであるのか計算をして、アンソニーに伝えて買いつけをしてもらう。

今日の残った仕事はこのくらいだろうか。

ブランシュが執務机に座ってそろばんをはじきながら計算をしていると、にわかに部屋の外が騒がしくなった。

なにかあったのだろうかと顔を上げた時、執務室の扉が開いて、ブランシュは息を呑む。

「ただいま、ブランシュ」

玄関からここまで走ってきたのだろうか、息が少し乱れていて、けれどもすごく綺麗に笑って。

青銀色の髪が少し伸びただろうか。

でも、柔らかく細められた紫色の瞳は、あの頃のままで。

「リオネル殿下……！」

ブランシュは音を立てて立ち上がり、小走りに駆けてリオネルに抱き着いた。

リオネルが力強く受け止めてくれる。

伝わってくるリオネルの体温に、息遣いに、ブランシュの涙腺が緩んで涙がこぼれそうになった。

しばらく無言で抱きしめ合って、ブランシュは彼の腕の中で顔を上げた。

「お帰りなさい、殿下。でも、どうして……」

「春頃に帰るって手紙に書いただろう?」

「それは読みましたけど……王都は大丈夫なんですか?」

「そのあたりのことも説明するよ」

座ろう、と言われて、ブランシュはリオネルと並んでソファに腰を下ろした。

少ししてロバータがふたり分の紅茶を運んでくる。

リオネルが言うには、国王の容体はだいぶ落ち着いてきて、座って多少の仕事はできるようになってきたとのことだった。

もちろん長時間の仕事は無理だが、宰相が補佐についているので、リオネルはエスポワールに戻っていいと言われたそうだ。

「でも、殿下は王太子になられたから国を継ぐんですよね?」

戴冠がいつになるのかはわからないが、国王ジョナサンの体調面を考えれば、近いうちに生前退位してリオネルが王になる可能性が高い。

そうなると、いつまでもエスポワールに留まれないはずで、いずれは領主を交代することになるのではないかと思ったが、リオネルは首を横に振った。

「いずれ国を継ぐのは間違いないんだが、父上と宰相を交えて話し合った結果、俺の代でエスポワールに遷都しようということになったんだ。俺は基本的にはその準備のためにここに留まることになる。なにかあればその都度王都に行くことにはなるだろうが、生活拠点はここだ」

「ええ!?」

「驚くだろうが、その方が自然なんだよ、ブランシュ。なぜならここには聖女と聖獣がいる。俺が王になった時にブランシュが王都に移動すればブランが怒るだろう。そうすると、ブランはまた眠りについてしまうかもしれない。だから、ね」

確かに、ブランシュはリオネルの妻だ。いつまでも彼と離れて暮らしたくない。かといって、ブランシュが王都に移動すればブランは拗ねるだろう。リオネルが言う通り眠りにつくとは思えなかったが、ブランシュについて王都に来るかもしれない。

(そうなった時に、エスポワールがどうなるのかはちょっとよくわからないわ)

ならば、聖獣の住処であるエスポワールに王都を移す方が国としてもいいのかもしれない。

急な決定で驚いたが、言われてみればおかしな話ではなかった。

リオネルがふと真顔になって、ブランシュの手を取る。

「すでに妻である君にこんなことを言うのも変だと思うんだけど……、改めて言うよ。ブランシュ、俺と結婚して、一緒に国を背負ってくれないだろうか。俺は君と、ここエスポワールから始めたい」

虚を衝《つ》かれて目を丸くしたブランシュは、すぐに顔を真っ赤に染めた。

リオネルが緊張した様子で、ポケットから指輪を取り出した。

指輪には、サファイアとエメラルドが――ブランシュの瞳と同じ色の石が輝いている。

「俺と、結婚してくれますか？」

ブランシュは息を呑み、指輪と、それからリオネルを、何度も交互に見比べた。

リオネルが固唾を飲んでブランシュの回答を待っている。

すでに告白し合った仲だし、夫婦なのに、どうしてそんなに緊張しているのかしらと思ったけれど――緊張というものは伝染するのだろうか。

なんだかドキドキして、リオネルに掴まれている指先が震えてきた。

ブランシュは大きく深呼吸をして、そして口を開いた。

「……はい」

恥ずかしくて、蚊の鳴くような声でそれだけを返すのがやっとだった。

リオネルは、ブランシュの答えを聞いて晴れやかな顔で笑う。

「これから忙しくなるよ、ブランシュ」

自然と、ブランシュの顔にも笑顔が広がった。

顔を見合わせて笑い合って、ブランシュはそっと胸の上に手を置く。

――笑っていれば必ずいいことが……幸運が訪れるわ。

（本当ね、おばあ様）

胸の中で、祖母シャルリーヌが「ほらね」と言って笑っている。

大変なこともたくさんあるだろうけれど、これから待ち受ける未来を想像して、ブランシュはなんだか楽しくなってきた。

あとがき

はじめまして、またはこんにちは、狭山ひびきです。

ベリーズファンタジーでは何冊か出させていただきましたが、ベリーズファンタジースイートでは初めてになります。スイートとつくからにはやはり恋愛要素が必要なわけなのですが、基本的に恋愛ファンタジーと言いながら「恋愛」の二文字がどこか遠くへ飛んで行ったような物語を書くことが多い私に（中にはちゃんと恋愛を書いてるのもあるよ！　多分ね‼）まさかスイートの方でお声がけいただけるとは思っておりませんで、本当にいいのだろうか、と何度も首を傾げた次第です。

いつもどこかへ脱走しようとする「恋愛要素」君の首に縄をかけて必死に繋ぎ留めながら書いたつもりですが、さてさて、どうであるかは皆様のご判断にお任せしようと思います。

本作が発売されるのはお住まいの地域によっては雪が深々と降り積もる寒い時期でございますが、あとがきを書いている今はようやく気候が秋めいてきた頃です。そして皆様、秋と言えば？　そう、サツマイモ！　うちの柴犬君はサツマイモが大好物でして、それはもう、匂いを嗅ぐだけでキャンキャン騒ぎだすくらい大好きなので、我が家では秋にサツマイモを柴犬君のために箱買いします。もちろん私も大好物なので、箱にたくさん詰まったサツマイモを見て、私はこう思いました。石焼き芋が食べたい！　そしてついに、我が家に石焼き芋用の鍋と石が届いたのがつい先日。この本が出る数カ月後には、きっと私は、焼き芋の食べすぎでぷくぷくと太っていることでしょう。うぅ、想像するだけで恐ろしい……。

さて、あとがきページも終わりに差しかかってまいりましたので、そろそろ締めさせていただこうかなと思います。

まず、本作のイラストをご担当くださいました漣《さざなみ》ミサ様！　素敵でかわいいブランシュたちを描いてくださりありがとうございました！

次に、担当様をはじめ本作の制作に携わってくださいました皆様、皆様のおかげで素敵な本作が出来上がりました！　ありがとうございます！

そして最後に、この本をお手に取ってくださった読者の皆々様‼　感謝してもしきれません‼　本当に本当にありがとうございます！

それでは、またどこかでお逢いいたしましょう！

狭山《さやま》ひびき

「一族の恥」と呼ばれた令嬢。
この度めでたく捨てられたので、辺境で自由に暮らします
～実は私が聖女なんですが、セカンドライフを楽しんでいるのでお構いなく～

2024年1月5日　初版第1刷発行

著　者　狭山ひびき

© Hibiki Sayama 2024

発行人　菊地修一

発行所　スターツ出版株式会社

〒104-0031　東京都中央区京橋1-3-1　八重洲口大栄ビル7F
☎出版マーケティンググループ　03-6202-0386
（ご注文等に関するお問い合わせ）

https://starts-pub.jp/

印刷所　大日本印刷株式会社

ISBN　978-4-8137-9297-0　C0093　Printed in Japan

この物語はフィクションです。
実在の人物、団体等とは一切関係がありません。
※乱丁·落丁などの不良品はお取替えいたします。
　上記出版マーケティンググループまでお問い合わせください。
※本書を無断で複写することは、著作権法により禁じられています。
※定価はカバーに記載されています。

[狭山ひびき先生へのファンレター宛先]
〒104-0031　東京都中央区京橋1-3-1　八重洲口大栄ビル7F
スターツ出版（株）　書籍編集部気付　狭山ひびき先生

ベリーズ文庫の異世界ファンタジー人気作

Berry's fantasy ベリーズファンタジー にて

コ×ミ×カ×ラ×イ×ズ×好×評×連×載×中×！

しあわせ食堂の異世界ご飯 ①〜⑥

ぷにちゃん

イラスト　雲屋ゆきお

定価 682 円
（本体 620 円＋税 10%）

平凡な日本食でお料理革命!?
皇帝の胃袋がっしり掴みます！

料理が得意な平凡女子が、突然王女・アリアに転生!?　ひょんなことからお料理スキルを生かし、崖っぷちの『しあわせ食堂』のシェフとして働くことに。「何これ、うますぎる！」──アリアが作る日本食は人々の胃袋をがっしり掴み、食堂は瞬く間に行列のできる人気店へ。そこにお忍びで冷酷な皇帝がやってきて、求愛宣言されてしまい…!?

ISBN：978-4-8137-0528-4　※価格、ISBN は 1 巻のものです

BF ベリーズファンタジー
大人気シリーズ好評発売中！

ループ11回目の聖女ですが、隣国でポーション作って幸せになります！

1〜2巻

雨宮れん・著　くろでこ・イラスト

聖女として最高峰の力をもつシアには大きな秘密があった。それは、18歳の誕生日に命を落とし、何度も人生を巻き戻っているということ。迎えた11回目の人生も、妹から「偽聖女」と罵られ隣国の呪われた王に嫁げと追放されてしまうが……「やった、やったわ！」──ループを回避し、隣国での自由な暮らしを手に入れたシアは至って前向き。温かい人々に囲まれ、開いたポーション屋は大盛況！さらには王子・エドの呪いも簡単に晴らし、悠々自適な人生を謳歌しているだけなのに、無自覚に最強聖女の力を発揮していき…!?

BF
毎月5日発売
Twitter
@berrysfantasy